AF366219

CAELOPHILE

HISTOIRE

Traduite de Scythe en Latin, par un vieux Philosophe Visigoth.

Et mise en François par un jeune Avocat du Languedoc.

Ubi plura nitent, non ego paucis offendar maculis.

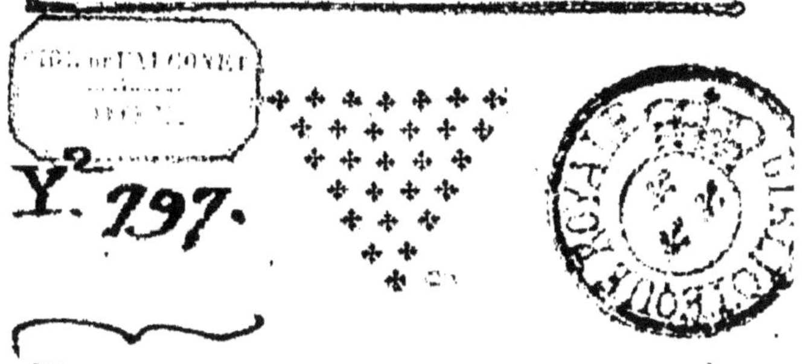

A EUTAXIE.

1759.

INTRODUCTION,

Que la plûpart des Lecteurs fai-
ront bien d'ommettre, & que
quelques autres ne feront pas
mal de lire.

CEt être charmant que l'on nom-
me le Bon Ton, a rendu de nos
jours les Préfaces ridicules : pour moi,
je les garantis infoutenables. Je crois
devoir prevenir le Lecteur fur ce point,
dans le befoin malheureux où je fuis
d'en mettre une très-longue & très
fatiguante à la tête de cette Hiftoire.

Quand je m'ennuye à périr, ou lorfque je ne puis fuffire à ma joye, je
cours adoucir l'intemperie de mes
humeurs à l'ombre d'une vieille Bi-
bliothéque. Un Livre, quelque antique qu'il foit, ou un Manufcrit,
quelque illifible qu'il paroiffe, font

alors les seuls capables de me calmer
& de me plaire. Si j'avois dans ces
instans quelque peu de sens commun,
je préférerois sans doute de faire usage des écrits modernes assez instruc-
tifs pour fixer mon goût & pour éclairer mon jugement, à une fureur mal-
saine pour des lumieres décrépites;
mais il me semble que dans la vie il
est quelquefois avantageux de se porter à deux mille ans comme à deux
mille lieuës de sa sphère. Du reste,
j'aime mon siécle à la folie. Je le
crois le plus beau de tous, parce que
j'y suis né. Il me semble analogue à
mes besoins, à mes desirs, à mon
bonheur; & si l'on veut, à la frivolité
de mon ame. Je ne suis Antiquaire que
par délire.

Il n'y a pas long-tems que des re-
fléxions un peu trop gayes sur un
nouvel amour auquel je me livrois
tout entier, me précipiterent dans un
de ces Hospices vénérables que M^{rs}
les B * * * ont donné à tous les Ecri-

vains des premiers Siécles. C'est - là
que des ouvrages en tout genre, con-
facrés fur les feuilles de Palmier,
fur l'écorce d'Avo, fur divers parche-
mins, fur toutes les différentes éspè-
ces de *Papyrus*, pourroient fournir à
nos ingénieux Philofophes de fortes
inductions en faveur du Préadamifme.

Ce je ne fçais quoi qu'on auroit
tort dans le cas préfent d'appeller
une idée innée, me fit tendre les bras
vers un immenfe Code des Barbares : mais le monftrueux ouvrage tom-
ba bien-tôt de mes mains pour fervir de bafe à mes pieds, & ce fut à
la faveur du terrible In-folio que je
découvris entre la tablette & le mur
un Livre d'une groffeur confidérable,
dont les couvertures étoient fpatieu-
fes & avoient chacune environ un
pouce d'épaiffeur. Elles étoient fuper-
bement dorées & fembloient fe preffer
hermétiquement, pour dérober aux
profanes une vingtaine de feuilles
écrites. Un peu mécontent de ma pre-

miere erreur qui m'avoit fait juger tout autrement du Volume de l'écrit, j'allois baiser cet ouvrage extraordinaire, que je pris pour une production de quelque Prélat François, & le remettre respectueusement à sa place, quand le divin hazard me fit ouvrir presque malgré moi ce livre singulier, dont le Frontispice m'éblouit aussi-tôt par les caractères suivans. *Callephilos Historia, è S·ytico idiomate in Latinum educta sermonem : interprete veterano apud Visigothos sapientiæ Professore.* Ah ! grand Dieu, m'écriai je : que de forces heureuses mon étoile me rassemble ici pour appaiser les fumées de l'amour ? Cet écrit est sorti des mains d'un Barbare ! Il a été traduit par un Ecrivain Visigoth, & qui plus est, Philosophe. Si sa Philosophie fraternise avec la notre, à coup sûr ce n'est point un homme à beaux sentimens. Il n'y aura plus moyen d'être amoureux après cette lecture.

Je parcourus avec rapidité ce Livre

merveilleux. Eh! quoi, me dis-je, après l'avoir lû: *c'étoit tout comme chez nous.* C'est avec bien de raison que l'on assure que les choses éloignées se rapprochent souvent, & qu'il y a bien près d'une extrêmité à l'autre. Que de rapports marqués ne vois-je point entre les Scytes de cette Histoire & mes chers Compatriotes? C'est maintenant que je croirois de bon cœur que les Germes du bon & du mauvais font les mêmes dans tous les Siécles, quoique leur développément différe selon les âges & les climats. Mais sans doute que le cœur humain & l'esprit Philosophe se replient naturellement sur eux-mêmes dans la succession des temps, malgré les variations extrêmes qui semblent avoir détruit leurs premiers principes. Nous revenons au point d'où les autres hommes sont partis, quand nous pensons nous écarter le plus de leurs idées. Tel un rocher se fend, se divise, s'éboule; formes des cailloux, du gravier, du sable,

de la pouſſiere : mais il réprend ſa premiere conſiſtance, quand vous croyés
ſa formation primordiale abſolument
anéantie ?

Holà, jeune homme ! doit s'écrier
déjà quelque cenſeur, (ſi toutefois je
mérite l'honneur d'en avoir,) Eh ? de-
quoi vous aviſés vous de jetter dans
une préface des Epiſodes Philoſophi-
ques ? Vous voulés donc que l'on ex-
pire d'ennui.

Ma réponſe à ce juſte reproche eſt
un renvoy au frontiſpice de mon livre.
Je m'y ſuis debité pour un jeune Avocat ; & peut on imaginer qu'avec ce
titre faſtueux je ſois dans la poſſibilité
Phyſique d'aller au fait ſans diſgreſſion.
J'abregerai peut-être ; mais j'ai beſoin
encore de la patience de mon cher Lecteur. Je lui dois quelques détails ſur
ma conduite pour achever de me mettre à mon aiſe.

J'ai cru ſervir le Public de Touloufe
en traduiſant en ſa langue une piéce
auſſi originale que l'eſt cette Hiſtoire,

On y verra que les Scythes n'étoient point aussi Scythes qu'on se le persuade, & que celui qui parle ici, étoit un bon Citoyen, ami du beau, doué d'un caractère exquis. Il étoit né scrutateur des hommes ; mais il n'étoit ni vain discoureur ni cynique, défauts devenus inhérants à tout politique Philosophe.

Le culte des Dieux lui étoit extrêmement cher, parce qu'il le croyoit raisonnable. Loin d'en condamner les cérémonies, il les trouvoit augustes & naturelles. Il aimoit essentiellement les hommes, & les croyoit nécessairement bons. Il regardoit leurs vices & leurs ridicules comme des legéres affections de leur ame, à peu-près comme cette fumée qui se fait jour dans certains instants au sein de la flamme la plus éclatante. Il respectoit le beau sexe comme mobile des plus grandes vertus. Sensible à l'injustice, il n'étoit point le détracteur barbare des hommes foibles & vicieux. Il res-

pectoit les sages préjugés, & ne s'étu-
dioit point à leur substituer des phantômes de vérités dangereux & suspects.

Bien loin de se perdre dans de vains
sistêmes sur le bonheur des peuples,
dans des déclamations indécentes contre l'autorité, dans des discussions inutiles sur l'abus des principes naturels,
dans des vûes chimériques sur les moyens de contenir les ressorts des Etats
dans un jeu uniforme & constant, il se
bornoit à indiquer quelques défauts
naissants dans le climat où il avoit fixé
son séjour, & à faire saisir à ses concyto-
yens combien il étoit nécessaire de re-
medier à quelques innovations que l'in-
constance du cœur & de l'esprit com-
mençoient à introduire parmi eux. Il
sentoit l'impossibilité de rajeunir les
membres d'un Ezon, ou de perpétuer
la même félicité dans les nerfs d'un
gouvernement quelconque. Il ne s'at-
tachoit qu'aux désordres nouveaux que
l'on pouvoit rectifier sans bouleverser
sa patrie, & qui n'étoient point de-

venus les effets néceffaires de la conftitution. En bornant fes vûës, il gag-
noit au fentiment ce qu'il enlevoit au
génie. Un réformateur auftére foule à
fes pieds les Rois & les Cieux, cite
les peuples à fon tribunal fantaftique,
leur trace un plan de grandeur & de
fageffe utile, fécond & brillant dans
la Théorie, mais toujours impoffible
dans l'éxécution : il n'apporte aucun
avantage réel à l'humanité, & n'a pas
des droits fur fa recornoiffance. Un Citoyen fage & prudent peint avec autant de bonhommie que de clarté aux
yeux de fes compatriotes, les erreurs
qui cherchent à fe gliffer dans leur Ville, & qui, legères dans le principe,
portent fouvent avec elles le levain de
la deftruction. *   Il voit les fiens fe
corriger fous les douces impreffions
de fa vertu. Un cœur généreux & délicat pourroit il jamais imaginer une
récompenfe plus flateufe ?

* Tel eft l'ouvrage de J. J. Rouffeau fur les
Spectacles.

Tel étoit le Scythe Callophile. Il étoit content de son Pays, de ses Maîtres, de son Culte & de la Nature. Toute son ame le portoit à répéter souvent ces paroles d'une saine Philosophie : *Ubi plura nitent, non ego paucis offendar maculis.* Les défauts de quelques Concitoyens étoient à ses yeux une ombre legere, qui ne flétrissoit point l'éclat des vertus de la Nation.

Qu'on ne m'accuse point d'avoir fait des changemens à mon Texte. Je me suis contenté de préciser quelque noms propres, parce que l'on m'a assuré que sans cette précaution mon Histoire & moi aurions un air trop maussade. J'ai de plus averti mon Lecteur qu'il pourroit bien trouver une grande analogie entre les mœurs & les coutumes du Scythe & du Touloulain. Je serois au desespoir qu'il en conclud que j'ai fait quelque reflexion ou ébanché quelque portrait de mon abondant. En cas de soupçon de sa part, je le renvoye au commencement de cette Introduction, où j'ai déjà assuré que j'étois fort content de mon siécle. Je puis affirmer que j'aime naturellement les hommes, que je ne méprise ni ne haïs aucuns d'entre eux ; que je plains & les méchans & les malheureux, & que je mets mes Compatriotes au rang des meilleurs hommes possibles. Il seroit toutefois ridicule de ne pas avouer que je garde devers-moi des annales de la mauvaise foi, de la jalousie & de l'injustice qui m'ont été relatives ; mais l'unique objet de cette précaution est de me mettre en même de ne plus leur fournir des alimens.

Je dois aussi pour ma justification, avertir le pacifique Lecteur de ma Préface, que le Traducteur Visigoth de cette Histoire, ne m'a point paru un excellent Grammairien. Tel qu'il est, j'en ai fait cependant mon Oracle, & j'aurois cru égarer les beautés primitives de l'écrit, en substituant des tours un peu trop François, aux Gasconismes latins que j'ai cru reconnoître. Il

eſt des enjolivures qui gâtent le mérite
réel des Ouvrages. On perd les veines
du plus beau marbre à force de vouloir le polir. Il me ſuffira de rappeller
ici que l'Auteur Original, ſon premier
Traducteur & moi, ſommes nés à peu-
près dans le même pays ; c'eſt-à-dire,
fort près de la Garonne. J'ai cru pouvoir me ſier du mérite de l'expreſſion à
ce même climat qui m'a fixé ſur le véritable ſens des choſes. Si cette excuſe
ſur mon incorrection n'eſt pas aſſés
plauſible, j'en donnerai une ſeconde ;
qui peut-être tout auſſi mauvaiſe aux
yeux des Cenſeurs, eſt du moins bien
propre à me conſoler. Je n'ai pu mettre
que huit jours à la verſion de l'Ecrit La-
tino-Gothique.

Il me reſte à prévenir un dernier reproche, qui pourroit tirer à conſéquen-
ce. On dira ſans doute, que cette verſion jure avec le caractère reſpectable
que je porte, & que rien ne contraſte
autant avec le nom d'Avocat, que celui de Traducteur d'Hiſtoriettes. Je

pourrois repondre avec Ciceron l'Orateur par excellence, que tous les Arts
& toutes les Sciences se tiennent par la
main, & sont du ressort de l'Avocat
& du Jurisconsulte. Mais dans le Barreau de Toulouse, une pareille excuse
perd de plus en plus de son mérite. Je
ferai peut-être mieux de m'étayer de
l'expérience. Je connois beaucoup de
personnes sçavantes qui pour dévorer
le Digeste, n'en meurent pas moins de
faim, & restent dans le discrédit; tandis que j'entends renommer de Jurisconsulte judicieux & délicat, un homme aimable qui avoit donné au Public
les Mémoires de la célébre Ninon. J'au-
rai de plus cet avantage sur lui, que
mon Historien a discouru sur les Avocats de son temps, comme on le verra dans le cours de l'Ouvrage.

Mais veut-on sçavoir ma véritable
raison ? Je me suis approprié le reproche que Martial faisoit à un Avocat de
son siécle. Je vois tous les jours nos
jeunes Jurisconsultes donner des té-

moignages éclatans de leur sçavoir &
de leur éloquence, & je me suis dit enfin avec quelque emportement : *Na-*
vole, dic aliquid.

CALLOPHILE

CALLOPHILE,

HISTOIRE SCYTHE.

CHAPITRE PREMIER.

De la Province où naquit Callophile, & de l'origine des Habitans de cette Contrée.

J'Ai pris naissance dans un coin de l'Univers remarquable par sa situation & sa fecondité. La nature semble avoir épuisé ses dons pour en rendre le séjour heureux. La temperature de l'air y est douce & moderée : les productions de la terre y sont variées & délicieuses ; & tandis que plusieurs espéces de fromens & des troupeaux immenses y donnent abondamment au Cultivateur les premiers principes de sa conservation, des Vignes fertiles, des Bois spacieux, des Fruits, des

Fleurs & des plantes de toute espéce assurent
aux Habitans les plaisirs & les commodités
de l'existence. Là des plaines orgueilleuses
& fécondes semblent insulter à l'œil qui vou-
droit les fixer : ici des Côteaux riants chargés de productions diverses égarent dans
leurs attraits les regards de leurs observations. Les Fleuves les plus majestueux roulent leurs ondes dans ces beaux climats, &
sont secondés d'une infinité de ruisseaux qui
y versent de toutes parts mille thresors utiles
à l'humanité.

C'étoit dans ce Jardin de l'Univers que
devoient se réunir le charme de l'esprit, &
la noblesse du sentiment ; les Dieux propices
y guidèrent bientôt Lampelo & Marpesia,
ces Amazones illustres, qui ayant subjugué
autant par la force de leurs attraits que par
l'éclat de leur valeur les Armeniens, les Ga-
lates, les Ioniens, & plusieurs autres peuples, cherchoient avec leurs compagnes
guerrières un azile aimable où elles pussent
faire croître le Lierre, l'Olivier, & le Myr-
the à l'ombre de leurs Lauriers. Cette heureuse Province fixa bientôt tous les desirs de
ces Heroïnes celébres : elles s'y établirent
avec empressement, & ne craignirent point
de s'y parer aussi-tôt des premiers trophées
de leurs victoires, elles unirent leurs destins
à des hommes charmants qui venoient d'être
les prix de leurs conquêtes, ils étoient beaux :

elles étoient vertueuses : leurs transports délicieux confondirent la sagesse & le plaisir.

De cet accord fortuné sortit bientôt un peuple aimable & vertueux, ennemi de l'injustice, reconnoissant envers les Dieux & les chefs à qui il étoit redevable de son bonheur. Si la guerre avoit été nécessaire aux auteurs de leurs jours pour arracher à des nations injustes quelque portion de l'Univers où ils pussent fixer paisiblement leur demeure, les nouveaux Scythes reconnurent que ce fléau redoutable ne devoit point troubler des sages respectés de leurs voisins, & tranquilles dans leurs retraites : ils lui substituerent la paix & le travail, compagnes ordinaires de la plus belle vertu. Ils ne voulurent d'autres loix que celles de leur cœur : la législation leur paroissoit le présage des crimes : ils ne creuserent point la terre pour lui arracher ses dangereux thresors : leur nourriture favorite étoit du lait & du miel : ils preferoient de se couvrir de peaux des bêtes sauvages, à l'usage des habits commodes qui auroient pû amollir la vigueur de leurs ames : leur modération & leur bonne foi leur donnoit le droit de vivre en commun & de s'arrêter sous le premier hospice qui s'offroit à leurs regards. O Scythes, pourquoi ne considerés vous plus la vertu sous les mêmes faces, & comment avez-vous pû connoître cet ennemi que l'on appelle vice, & cet autre tyran des vérités que l'on a nommé ridicule ?

CHAPITRE II.

De la Ville où naquit Callophile & des auteurs de sa naissance.

O Mes chers compatriotes, par quelle injustice ai-je osé me plaindre des variations survenuës dans votre gouvernement, effets nécessaires de l'ordre des temps & des choses ? Le flambeau de la nature éleve lui-même les vapeurs qui obscurcissent son éclat, pour le rendre à sa premiere splendeur, il faut qu'un souffle leger dissipe les nuages dont il s'enveloppe lui-même. Les hommes étoient bons par essence, mais une bonté excessive dans une partie des individus, a rendu nécessairement la bonté des autres moins active & de là coupable. Pour mettre les hommes à un certain niveau, même dans leur inégalité, il a fallu que les meilleurs de tous mesurassent les vertus, les proprietés réelles & les biens factices, & que ces ames exquises fissent des portions de toutes ces choses pour les distribuer à chaque Habitant de leur sphère, relativement aux puissances de son esprit, à l'étenduë de sa sensibilité, aux besoins de ses organes.

Ce fut par cette neceſſité que vos ſeconds ayeux ſe raſſemblerent dans des murs, & fixèrent leurs poſſeſſions, qu'ils indiquerent le vrai culte des Dieux, & les moyens de contenir l'Habitant des Cités dans l'état ſociable; que dans ce dernier objet ils introduiſirent dans leurs Villes les ſciences, les Arts & les profeſſions mécaniques, qu'ils rendirent l'autorité des chefs conſtante & ſacrée, qu'ils pouvûrent à la ſûreté des vertus & aux beſoins de l'infortune, qu'ils donnerent enfin des bornes au plaiſir, & firent une loi de reſpecter la pudeur. Quelle que fût la ſageſſe des premiers Scythes, ils portoient dans leur ſein ce germe d'uſurpation qui avoit formé le titre des Amazones ſur le climat que nous habitons; & ces Femmes illuſtres qui ſe donnoient des Epoux au milieu des combats, avoient communiqué à leurs deſcendants une vertu féroce qui leur faiſoit ſigner de leur propre ſang, des traités de paix & d'alliance avec les peuples voiſins. Des conventions légitimes ſont parvenuës à rectifier des vertus barbares; & c'eſt à la faveur de ces loix que je jouis du privilége heureux d'avoir pris naiſſance dans une Ville, & d'être naturaliſé dans une autre, où ſociable par goût je le deviens ſans danger; où les plaiſirs & la ſageſſe ſe produiſent ſous mille formes, pour me faire un bonheur qu'aucune puiſſance humaine ne ſcauroit flétrir.

A iij

Je nacquis l'an 222 de l'établiſſement des Amazones dans cette Province ; le lieu de ma naiſſance fut Terpſipolis Ville ſituée aſ-ſés heureuſement ſur le bras d'un petit fleuve qui court à deux lieuës au deſſous confon-dre ſes eaux avec celles de la mer Jamais la providence n'avoit donné à un mortel des parents plus dignes de ſa vénération : ma mere Arétie ne degéneroit ni par la force de l'eſprit ni par la nobleſſe de l'ame des pre-mieres Heroïnes qui avoient illuſtré ces cli-mats Elle joignoit aux vertus naturelles tou-tes ces graces & toutes ces qualités de con-vention introduites par l'opinion , les loix & la politique. Les traits de ſon viſage ſe rapportóient admirablement au goût de ſon ſiécle ; elle avoit les yeux perçants , la voix belle , le teint beau ſans être fade , le ſourire gracieux , l'enſemble de la figure ſpirituel : elle raiſonnoit avec fineſſe & avec douceur, quoiqu'elle eût l'eſprit naturellement ſçavant & porté vers le calcul : elle étoit forte dans l'adverſité , ſage dans le bonheur & ſurtout capable de ſecret : remplie d'une pitié agiſ-ſante envers les infortunés , elle ne dédaignoit que ſes propres maux & les ſupportoit avec une conſtance inouie ; religieuſe ſans faſte elle ne franchit jamais les bornes où doit s'ar-rêter une pieté ſincère. Epouſe reverée , elle faiſoit à chaque inſtant par ſa tendreſſe & par ſes ſoins le bonheur de ſon Epoux. L'A-

griculture & le desir de donner à l'Etat des
Scythes estimables bornoient ses vûes & ses
plaisirs : philosophe sans s'en appercevoir elle
ne vit dans la mort la plus douloureuse que
la réunion fortunée de son ame à la divinité.
Que dirai-je de plus ! fille tendre, sœur gé-
néreuse, amie sincère, conseil prudent, elle
croyoit avoir peu de vertus & les réünissoit
toutes.

Philéne son Epoux a le cœur haut, la figure belle, la voix insinuante, l'expression
facile, le génie vaste & appliqué, le port
noble, les yeux tendres, l'esprit flateur : doux
& gay par tempéramment, il est devenu
triste & austère par reflexion ; occupé entie-
rement de sa famille, il a négligé pour elle
le commerce des autres Scythes, & redoute
trop leurs injustices. Il a une probité entiere,
une droiture unique, le tact de l'ame exquis, personne ne démêle ses vûes, ses passions & ses goûts ; adorateur du mérite, &
homme de mérite lui-même celèbre par ses
écrits, il a detesté les talens du premier ordre
quand il les a vûs incompatibles avec le bonheur & avec la fortune, philosophe aimable
quand il se livre à la societé, Epoux vertueux,
pere tendre mais sevère, il arrache l'estime
à ses concitoyens, & a l'art mistericux de se
faire adorer de sa famille.

Ces deux mortels nés pour se communi-
quer leur bonheur vivoient ensemble à Terp-

fipolis au fein d'une honorable médiocrité.
Mais ils avoient trop étudié les principes des
Habitans de leur Ville, pour livrer à fes ufages l'éducation de leurs fils. Terpfipolis eft
un lieu charmant pour les hommes d'une
fageffe confommée, mais très peu propre
pour ceux qui cherchent à en acquerir les
fondemens. Les Hommes y naiffent avec de
l'efprit, mais avec un goût décidé pour les
plaifirs : la beauté y eft le partage naturel
des Femmes, & les premieres d'entre elles
pourroient exiger par leurs charmes & leur
douceur les hommages de tout le peuple Scythe. Mais l'ambition, cette baze des jeunes
vertus & cet ennemi des vertus formées n'a
aucun accès dans cette Ville heureufe : on a
éxilé de fes murs le goût dangereux des connoiffances fublimes, l'émulation dans les talents préfage ordinaire de la funefte jaloufie,
les profeffions brillantes, qui en donnant du
crédit à quelques Citoyens, peuvent rendre
le plus grand nombre victime du mépris &
de l'oubli. On dédaigne par un principe de
moderation, les fecours naturels qui pourroient y faire triompher le Commerce pour
s'adonner au charme innocent de labourer
l'héritage de fes Peres, & d'y trouver cette
fubfiftance légitime qui n'eft empoifonnée
ni des craintes de la cupidité, ni des remords
d'une injufte poffeffion. La conftitution du
pays améne les cœurs à une indifférence pour

les grandes vertus, pour pouvoir les fouftraire à l'horreur des grands vices : l'égalité por-
te les efprits à une certaine franchife l'erfonne n'eft honteux d'introduire le luxe & de
le répudier auffi-tôt, l'abondance des gue-
rets y étant le Thermometre de la magnificence de chaque Citoyen : on s'y livre à fes
paffions par facilité & non par faveur. Point
d'exercice gymnaftique , point de goût pour
les beaux arts & pour la gloire , point d'inclination pour voyager : un feul lieu deftiné
à donner aux jeunes gens les premieres nuances des verités , fe conforme admirablement
au fiftême du climat où l'on facrifie toutes
les affections humaines à l'amour du repos.
Cette philofophie eft-elle la meilleure ? Plufieurs voyes tendent au bien : je n'oferois déterminer celle qui approche le plus de fon
objet.

Philène & Arétie n'adoptèrent point le
goût genéral de leur Cité. Une vive ambition avoit paffé dans leurs ames : ils avoient
des envieux & bien-tôt ils fe crurent dépla-
cés. Pour s'éloigner en quelque façon de
leur Patrie, ils dépayferent leurs fils dans
leur enfance, & je fus envoyé à Semnopolis
dès ma première jeuneffe.

CHAPITRE III.

Arrivée de Callophile à Sem-nopolis.

SEmnopolis est au Nord-ouest, & à quarante-cinq milles * du lieu de ma naissance; cette Ville très-considérable par sa grandeur, est située dans une plaine aussi magnifique que fertile. Elle est baignée par un fleuve spacieux dont les flots tranquilles excitent rarement les allarmes. Les campagnes qui l'environnent sont admirablement dirigées pour le plaisir de la vuë. Les troupeaux y sont abondants, les froments y suffisent à la consommation, & fournissent quelquefois à l'étranger. Les fruits & les fleurs de toute espèce y naissent au gré du cultivateur.

Les Ruës de Semnopolis sont en général d'une vraie beauté. Les Maisons y sont agréables, sur tout par leurs déhors, heureusement symétrisées & nuancées des couleurs les plus riantes. Il y a des Palais plus beaux que des Temples. On y voit des aziles destinés

---

* Cette distance, selon l'idée générale que nous avons des Milles, peut revenir à vingt-deux lieues communes de France ou environ.

à l'infortune, dignes de la plus grande humanité, soit par la beauté des Edifices, soit par l'amas & la distribution œconomique des secours que l'on y a jettés. Le fleuve coupe majestueusement la Ville en deux parties inégales ; mais les habitans passent avec facilité de l'un à l'autre rivage à la faveur d'un Pont merveilleux, qui par sa solidité, sa largeur, ses ornemens & sa magnificence, force l'admiration de toutes les nations voisines.

Je crus jouir d'un nouvel être en entrant dans une Ville si différente de celle où j'avois pris naissance. Je vis des Scythes occupés & presque tous diversément. Leur action n'avoit l'air ni de la molesse ni de l'étourderie. J'ignore si je rapporte à ces tems des idées que l'habitude des Semnopolites a pû me donner depuis, mais j'oserois assurer que dès lors ces hommes me parurent se mouvoir dans le milieu raisonnable que la providence semble avoir fixé à nos travaux, & que j'augurai aussi-tôt que leurs professions étoient plus ingénieuses que fécondes, dévouées à la sage industrie plutôt qu'à des besoins ambitieux.

Je marchois dans cette Ville avec un air distrait, parce que ma petite vanité me faisoit craindre d'être plaisant. Je saluois par tout & en tous sens, & j'étois fort surpris qu'on accueillit mes politesses avec bonté.

Mes parens avoient fixé mon habitation à
l'extrémité oppofée du lieu par où j'étois en-
tré dans Semnopolis Un Scythe obligeant
s'apperçut que je n'étois point orienté, offrit de me guider, & traverfant avec moi
un grand nombre de ruës immenfes, il me
conduifit après une demi heure de marche
au féjour qui m'étoit deftiné.

Mon Père Philene m'avoit dit que les
graces & l'air de cordialité faifoient le pa-
trimoine de la plûpart des Semnopolites, je
me méfurai avec mon guide, & me croyant
bien plus opulent que lui, je me préparois
à lui payer l'intérêt de fa complaifance,
lorfqu'il difparut de mes yeux après m'avoir
mené avec un fourire doux & modefte. J'eus
dès-lors une grande idée de la nation, &
j'imagin'ai qu'elle devenoit généreufe dès le
premier inftant où il lui étoit permis de l'ê-
tre.

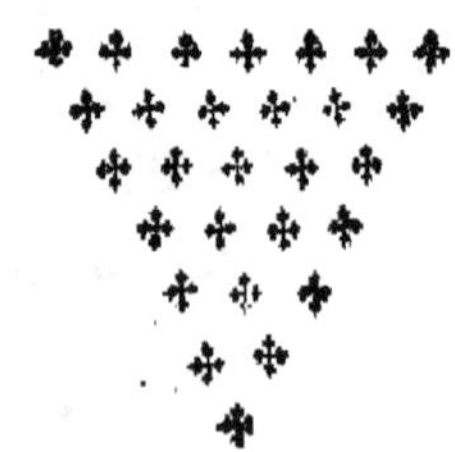

CHAPITRE IV.

DES Colléges Semnopolites.

ON imaginera aifément qu'envoyé à Semnopolis pour m'y former aux con-noiſſances convenables à mon âge, j'étois deſtiné à vivre dans un de ces lieux où la con-trainte ſuplée au dégoût naturel que les jeu-nes gens ont en général pour l'étude. En en-trant dans une de ces Maiſons vénérables, je me ſentis ſaiſi d'une ſecrette triſteſſe ; mon cœur ſe ſerra , & les battemens de mes ar-teres devinrent plus frequens que je ne l'a-vois jamais éprouvé. Un contraſte aſſés ſin-gulier , qui dans une autre occaſion m'eût procuré un rire univerſel , me plongea pour lors dans un état de vraie ſtupidité. D'un côté quelques hommes vêtus d'une robe lon-gue & noire , me prirent rudement par les bras pour me conduire dans un lieu aſſés ſombre où ils m'inſtallerent avec des céré-monies lugubres ; tandis que d'une autre part une foule de jeunes gens auſſi plaiſans qu'in-civils , formoient autour de moi un petit cercle impudent , dont les rires immoderés & les ſaillies bouffonnes aboutiſſoient exac-tement au centre. J'ouvrois de grands yeux

B

& leur rapport m'effrayoit beaucoup. Je croyois être auprès de Minos, d'Eaque & de Pluton, environné d'une foule de mauvais lutins, dont les agaceries me paroissoient de très-mauvaise augure. Par un bonheur inopiné, les Phantômes disparurent tout-à-coup, & amenerent avec eux le cercle diabolique.

Par quelle fatalité faut-il éloigner si fort les hommes de leur sphére pour les y ramener avec plus d'avantage? La vertu n'est-elle point assez belle par sa propre nature? A-t'elle besoin pour nous fixer de s'envelopper d'un appareil ridicule & même effrayant? Et puis d'où vient que des jeunes gens qui doivent être un jour des hommes aimables, semblent faire profession dans leurs Colléges de l'être si peu. Sans doute qu'il a fallu accommoder le beau aux forces de l'humanité, & le lui faire saisir par parties, quelquefois même par ses contraires. L'œil d'un enfant seroit trop vivement ébloui & peut-être altéré, s'il étoit exposé dès sa naissance aux rayons de l'astre du jour. On commence par le placer dans les ténébres, & ce n'est qu'avec précaution qu'on le familiarise avec l'éclat du Soleil. La providence a dû menager à nos organes, & la lumiere & les verités.

On sonna bien-tôt pour le souper. La gaieté formoit le fonds de mon caractére;

mes juges infernaux ne me parurent plus tout aussi diables qu'au premier abord ; les petits démons me semblerent assez droles, & devinrent aussi-tôt mes meilleurs amis. Pendant le séjour que je fis dans ce Collége Semnopolite , je remarquai avec exactitude les grands avantages que l'on retiroit de cette habitation : mais mon jugement relevoit avec le même soin ce qui lui paroissoit digne de censure & même de reforme.

Les Colléges Semnopolites ont cet avantage suprême sur ceux des Nations voisines, que le culte des Dieux y est l'heureux fondement, & comme la source des travaux & des connoissances , même des plaisirs. Un jeune homme qui aura consumé dans ces aziles une partie de sa jeunesse , sera né d'une trempe bien infortunée , s'il n'a appris à respecter la providence , à lui rendre les honneurs legitimes qu'exige de nous sa bonté suprême , & si la loi des Cieux n'est intimement gravée dans son cœur. Mais pourquoi inculquer à ces jeunes ames des principes frivoles qui retrécissent les vertus réelles & le pouvoir des verités fondamentales , pour leur substituer des haines personnelles & des talens subtils , fléaux ordinaires de la societé & de la religion même que l'on veut honorer. Tel est le défaut de la plûpart de ces hommes , d'ailleurs respectables , qui président à la marche des Colléges Semnopolites. Ils forment

souvent leurs éleves à hair irréconciliable-
ment les hommes qui ne peuvent penser comme eux sur quelques points de vaine morale ;
tandis que la diverfité des opinions en ce
genre ne peut par elle-même être d'aucun
préjudice à la pieté & à la Religion prife
dans fon effence & dans fon objet abfolu.

Quoique les Profeffeurs des Colléges laif-
fent aux mœurs des jeunes Scythes une certaine rudeffe, on a tort d'en augurer que
dans ces aziles les plaifirs font fouvent defa-
vouez par la nature Le vice eft quelquefois
de tous les lieux & de tous les âges. Mais il
eft affuré que dans ces rètraites on le veille
& on le reprime avec plus d'exactitude que
dans le refte de la Cité. Peut-être écarte-
roit-on de ces Maifons heureufes jufques aux
defirs fufpects, fi l'on y plaçoit au rang des
Maîtres deux ou trois hommes aimables,
inftruits des maximes d'un monde galant,
mais vertueux. La fageffe des jeunes Semnopolites trouveroit dans les nuances d'un
plaifir raifonnable & dans l'attrait des graces recûes, des barrieres à oppofer à la tyrannie des paffions qui trompent fi aifement
une vertu nuë & fans défenfe par des caractères éblouiffans. Des Profeffeurs de monde
& de politeffe m'y paroîtroient d'autant plus
utiles, que les caractères ne fe trouvant point
de la même trempe, plufieurs jeunes gens
confervent toute leur vie des veftiges de la

grossiereté & de l'impolitesse adoptée dans les Colléges , tandis qu'il peut y en avoir quelques autres qui parviennent à force d'attentions sur eux-mêmes , à se défaire de la premiere rudesse qu'ils ont contracté dans ces demeures.

Quoique les bonnes mœurs du Citoyen soient des garants ordinaires & des sources naturelles de la pureté du langage , tous les Peuples s'accordent à blâmer l'incorrection de l'Idiome Simœopolite. Il seroit cependant susceptible d'agremens , & fixeroit les éloges des nations voisines si les Professeurs des Colléges , au lieu d'apprendre aux jeunes Scythes les principes des Langues absolument étrangeres aux Habitans & à leur avantage , établissoient des Maîtres habiles à l'effet de fixer la jeunesse sur l'énergie & sur la propreté de la langue naturelle. C'est un défaut sur lequel le peuple se recrie depuis long-tems , & qu'une politique vaine & sans objet empêche mal-à-propos de rectifier. A cela près , on mésure avec beaucoup de sagacité les forces de l'âge & de l'esprit , & on y approprie merveilleusement les connoissances nécessaires. On prend dans ces lieux par émulation ou par gene un goût pour l'application qui influe ordinairement beaucoup sur le bonheur de la vie.

Une nourriture mal saine & beaucoup trop abondante devient ordinairement dans

ces lieux un poifon cruel pour le corps &
pour l'efprit. Une longue maladie m'en fit
connoître le danger, & je fus contraint de
quitter des lieux où mon ame avoit pris les
plus belles teintures des vérités & des vertus.

CHAPITRE V.

Du lieu où l'on enseigne la Justice.

CET être singulier que l'on appelle vocation, toujours subordonné à l'intérêt, & que les Auteurs de nos jours reglent ordinairement avec efficacité, me fit desirer de connoître les droits respectifs des hommes entre eux & de devenir un Jurisconsulte. La gravité de ce titre avoit de quoi me séduire, sur tout dans le climat que j'habitois. La paix assurée où vivent les Scythes, a presque anéanti en faveur de la science du Droit le goût des Armes & des combats.

Un Collége célébre par sa sombre antiquité, mais plus encore par les grands Hommes qu'il avoit donné à l'Etat, fut le lieu respectable où je courus m'instruire des principes de la saine Justice. Je ne fus pas peu surpris d'entendre quelques hommes animés des usages & de la langue des Sauromates, m'entretenir pendant deux années des Loix & des Coûtumes de ces Peuples étrangers. Je sentois bien que la Justice est une source commune à tous les Peuples d'où dérivent un nombre infini de ruisseaux, & que les

Sauromates ayant par divers canaux rame-
né à un même point une grande partie de
ces eaux divisées, ils avoient dû connoître
mieux que les autres Peuples le fonds & les
dépendances de l'équité. Mais je sçavois que
le Scythe avoit des notions particulieres du
juste & de l'injuste, ou pour mieux dire des
ruisseaux qui ayant circulé long-tems dans sa
patrie, paroissoient s'être fort éloignés de la
source commune, & n'avoir aucune rela-
tion avec leur origine. Le Code des Sauromates offroit une répudiation aisée à des
Peuples qui n'avoient jamais connu le di-
vorce, une barbarie pour le sexe dans la dis-
position des biens qui n'avoit pû entrer dans
le cœur généreux des Scythes, des substitu-
tions de bien graduelles à l'infini si fort contraires à la tendresse de ces peuples pour leur
posterité, un despotisme affreux du pere sur
ses enfans, si défavorable à l'humanité Scythe. Que dirai-je de plus! Ces Loix étrangeres pesoient dans une balance la liberté
que les peres donnoient à leurs fils avec une
chetive piéce d'or, ou donnoient un esclave à
diviser en quatre à des maîtres divers qui re-
vendiquoient leur proprieté partiaire. Quelle analogie pouvoit-il y avoir entre ces
Loix & les maximes d'un peuple épris des
charmes d'une saine liberté?

Je ne concevois pas encore la connexion
qu'avoient des décisions aussi extraordinaires

avec les regles que la Justice avoit établies dans nos climats , lorsqu'un Professeur Semnopolite vint me rendre enfin à ma nation. Par une comparaison abstraite & sçavante des Loix Scythes avec les Loix Sauromates , il ramena dans un même point de vûë des idées qui m'avoient paru contradictoires. En discutant la beauté, la grandeur & la nécessité de nos maximes & de nos Coûtumes , il me mena pas à pas à la source inaltérable du juste & du vrai.. Il me fit saisir les circonstances qui avoient pu faire varier les Législations des peuples, & me presenta dans la diversité des Ages & des Gouvernemens , la différence des opinions & des usages. Mais il me montra en même tems les consequences utiles & les parités heureuses que l'on peut induire de ces Loix étrangeres, bizarres & souvent ridicules à nos yeux : & me conduisant ainsi à l'origine des contrarietés que nous approuvons dans les idées que les hommes se font formées du juste & de l'injuste , il me prouva que leurs systèmes divers avoient le même principe & les mêmes objets. Ainsi plusieurs piéces de métail paroissent quelquefois informes & méprisables à nos yeux, parce que nous les voyons éparses ; mais rapportées par un Maître habile, elles nous offrent le chef-d'œuvre le plus sublime & le plus majestueux. Le Professeur Semnopolite qui remplit tout mon jugement de la magni-

ficence de ſes idées , avoit mérité par la pro-
fondeur du ſçavoir , par la force de l'eſprit ,
par la droiture de l'ame , la confiance du
Prince & de ſes Miniſtres , l'eſtime du Ma-
giſtrat & la vénération des Peuples.

Je ſuivis ſes diſcours avec aſſiduité. Deux
défauts eſſentiels me fraperent à la vuë de
ces Inſtitutions divines qui donnent des Juges
& des Défenſeurs à la Patrie On n'exige
point dans ces Colléges auguſtes aſſez de
reſpect de la part des Diſciples envers leurs
Maîtres , & par un abus déplorable devenu
preſque légitime , on y donne les mêmes couronnes & l'on y verſe les mêmes threſors ſur
l'ignorance & ſur le ſavoir.

CHAPITRE VI.

DE la Réligion & des Mœurs.

L'Etude des Loix d'une Nation , dépend surtout de la connoissance de son Culte & de ses Mœurs. Je m'instruisis profondément de la Religion & de la maniere de vivre des Semnopolites ; je les trouvai dignes de la plus grande sagesse.

Les vertus & les vérités sont les Dieux de la Nation : le vice , le besoin & les faux plaisirs n'y furent jamais divinisés : les Temples y sont en grand nombre, & les Ministres de la Divinité y veillent avec sagesse sur les dépôts sacrés confiés à leur soin; la modestie , l'éloquence & la pieté sincere sont les ornemens respectables qui décorent leur front : les Peuples sont assidus dans les lieux consacrés aux prieres : les cérémonies sont augustes & remplies avec la plus belle décence : les jours de Fête sont célébrés dans le recueillement : les grands & les petits se confondent avec empressement dans les Temples aux jours marqués pour l'expiation de leurs foiblesses.

Cette Ville est à peu près uniforme dans son culte. On ne voit point naître dans son sein les desordres de l'impieté , & rarement y ap-

perçoit-on les scandales d'une Religion ou-
trée. C'est-là qu'on ne voit éclore ni livres
hardis ni projets téméraires. L'abus des paf-
sions y est extrêmement rare. On s'y plaît à
soulager les Patriotes malheureux ou misera-
bles. Thémis y foule à ses pieds la trahison
& la vengeance. On n'y voit guères le Scythe se baigner dans le sang du Scythe. La politesse, la douceur & l'affabilité y sont des
vertus générales. Bachus n'y excite point des
ravages séditieux : l'enjoûment & le badinage émoussent la chaleur de son flambeau.

Les hommes sont beaux, spirituels & galants : leur port est ordinairement noble &
leur démarche aisée, ils ont beaucoup de
graces naturelles & plus encore de graces ac-
quises.

La première vûe des étrangers flatte ce
peuple, mais bientôt il paroît les dédaigner
pour revenir avec complaisance sur soi-mê-
me, par ce peu d'égards pour une jeunesse
isolée, & par le peu de soulagement qu'elle
trouve dans ses maux, l'habitant de Semnopolis se ravit des trésors réels que l'on appor-
teroit de toutes parts dans son sein. Mais l'é-
tranger qui a pû triompher une fois de cette
indifférence se venge à son tour. Il n'est point
à Semnopolis de citoyens plus altiers que ceux
à qui leur industrie ou leur bonheur ont acquis le droit de bourgeoisie.

On veille avec un soin extrême dans cette
Ville

Ville fur la fageſſe des Spectacles, fur les
égards dûs à la pudeur, fur le maintien de
la bonne foi, fur les moindres progrès du li-
bertinage Le Prince qui regne fur Semnopolis y eſt adoré. On y murmure moins
qu'ailleurs fur les exactions des quêteurs publics Les fleaux des fiecles ne font fur les efprits que des revolutions paſſageres. On honore le Sénat & chaque citoyen donneroit fa
vie pour en maintenir l'autorité.

CHAPITRE VII.

DES Femmes.

O Femmes, précieux fondement de notre bonheur, rayons délicieux d'une lumiere immortelle, filles de la fageffe & de la modération, meres du fentiment & des plaifirs, agréez le refpectueux hommage que confacre à vos pieds le jeune Callophile. Par vous la vérité, la Religion, les connoiffances agréables régnent dans ces Climats. Par vous nos mœurs font doucés & nos efprits font fatisfaits. Quélle puiffance humaine acquittera jamais le tribut de reconnoiffance dont notre Patrie eft redevable à vos graces & à votre héroïfme ?

Jaloufes de l'étenduë de votre gloire, la vanité, l'indifference & l'irréligion détournent quelquefois vers nos murs, ces vapeurs d'une flamme féditieufe qui dévore depuis long-tems les peuples qui nous environnent. Elles ont même émouffé en partie ces traits fortunés que vos Meres refpectables avoient imprimés dans le cœur des premiers Scythes. Veillés fur l'ouvrage de leur puiffance facrée. Que votre fouffle aimable, auffi pur que celui de la Déeffe Vefta, s'efforce de con-

ferver dans une chaleur égale ces principes
naturels & ces inſtitutions brillantes ſur leſ-
quelles eſt aſſis cet Empire, & qui depuis
plus de deux ſiecles ont fait ſans interruption
le triomphe de cette Province ſur les nations
voiſines.

L'imagination la plus ſéduiſante & le ſen-
timent le plus exquis, anime les diſcours des
Dames Semnopolites. Une noble décence, &
une fine galanterie jettent un charme étonnant ſur leur converſation. Elles ſe parent avec
dignité, ſe préſentent avec grace, protégent
avec une noble douceur, ont des graces &
des talents ſans fin, de l'eſprit pour en donner à l'univers.

Elles folâtrent avec le plaiſir, ſans crainte
de ſe méprendre. Auſſi mille adorateurs & un
amant ne peuvent jetter un voile ſuſpect ſur
la ſageſſe de leurs déſirs. Deux Scythes d'un
ſexe different épris l'un de l'autre, peuvent
avec confiance ſe voir & s'entretenir chés toutes les Dames de la Nation. La raillerie eſt à
Semnopolis une vapeur legere que l'eſprit de
chaque Dame Scythe ſçait répandre à ſon
tour, mais que le cœur diſſipe & déſavoue à
meſure qu'un heureux badinage a pû le pro-
duire.

Quelle Divinité épriſe du beau & rapide
dans ſes idées, vient tracer ſucceſſivement à
mon ame les adorables images de nos Héroï-
nes Semnopolites?

C ij

Puissiés-vous agréer mon culte & les hommages les plus chers au sentiment, digne hé-
ritiere du mérite de notre premier Sénateur ?
vous qui par un esprit aimable & philosophe
avez fait l'ornement des Cours, & qui de retour dans votre Patrie fixés l'amour de vos
concitoyens par la noblesse de vos vertus &
par la beauté de votre ame.

Recevés le tribut de mon encens, vous dont
la majesté, les graces & les talents relevent par
une heureuse alliance la gloire de cet homme
infatigable, chargé de veiller sur les droits du
Prince & du peuple, de cet homme chéri,
en qui la plus féconde imagination & les connoissances en tout genre, étayent l'honneur
inappréciable d'être le petit-fils du Dieu qui
força des mers opposées à confondre leurs flots.

Vous dont le nom immortel est écrit depuis
long-temps dans les fastes des Cieux, vous
dont le sang illustre ne peut se confondre avec
celui des autres Scythes, & se trouve forcé
de circuler en lui-même, en vain un réjetton
de la gloire de votre naissance vouloit vous
enlever l'honneur de soutènir une tige brillante dont la Majesté vous fut confiée par ce
Chef auguste de notre Province que nos re-
grets semblent rendre à la vie. Les Dieux
avoient imprimé sur votre front, & plus encore dans votre ame, la prééminence qu'ils vous
donnent sur vos rivaux. Les sceaux précieux
de la volonté des Immortels, sont la beauté

qui vous décore, les vertus brillantes & les graces sublimes qui vous servent d'appui.

Pourrois-je vous oublier, Julie, épouse tendre d'un Sénateur charmant, né avec moi à Terpsipolis & adoré de sa Patrie; vous qui joignés à la noblesse du cœur, à une aimable décence, à une prudence consommée, des graces sinceres, la candeur du sentiment, un amour si parfait pour la Divinité. Les charmes de votre esprit n'ont jamais pû trahir la sérénité de votre ame, & loin que ces voiles aimables nous dérobent cette Religion auguste flambeau sacré de vos démarches, ils sçavent embellir la vertu même, & lui assurer les hommages du Scythe.

Vous qui par la rapidité de votre éloquence, par les traits de la majesté qui vous décorent, par la force de l'esprit & de la beauté du caractere; ne dégénerés point de ces deux hommes célébres dont vous êtes la sœur, de ces deux hommes chers aux Muses, à la Religion & à l'Etat; tandis que l'on deffendra la cause des vérités au Tribunal même de l'alliance, & que le Génie étincellant de l'autre, portera jusques au pied du Thrône les plaintes du Scythe, rapprochés de nos yeux leurs images sacrées.

Vous seule avez auprès de nous le droit de leur ressembler.

Vous fuiriés envain mes regards épouse chérie de cet aimable Semnopolite, qui ne

voyagea dans le climat du goût & du sentiment que pour apprendre à vous mériter ;
qui ne fut le nourriçon de l'art de peindre,
que pour sçavoir dessiner vos graces ; qui ne
fit respirer le Luth, que pour célébrer vos attraits ; qui porté dans le sanctuaire des sciences ne s'instruisit de leurs prodiges, que pour
trouver en vous le phénomène de la nature.
Je vous ai apperçue dans ce Palladium que
vous faites construire. Vous êtes la baze du
Temple, & les jeunes Fruits de votre hymen
en sont déjà les colomnes.

Que dirai-je de plus ! & que de Semnopolites divines échappent à mes regards ? O
vous toutes que notre Peuple idolâtre, dont
les graces trahissent les talens, & dont les
talens voudroient obscurcir les graces ; vous
que je brûle de connoître, & que mes yeux
n'ont pu atteindre encore, pourriés-vous être
irritées d'un silence que tout mon cœur dé-
savoue ? Mais que m'eût servi d'être ins-
truit de tous vos prodiges ? Votre concours
brillant eût rempli mon ame d'une trop déli-
cieuse ivresse pour lui laisser la force d'ébaucher vos images.

CHAPITRE VIII.

DES abus que l'on ne sçauroit extirper.

POurquoi des torrents impétueux trou-
blent-ils quelquefois les ondes les plus
pures ? Consolons-nous de leur fureur, elle
n'a que des inſtants pour éclater Le rivage
ſera bientôt riant, & les Nayades ſortiront
plus belles du ſein des ondes.

De toutes les paſſions qui regnent à Semnopolis, la plus dangereuſe & la plus en uſa-
ge eſt le jeu, ce fils redoutable de la ſageſſe
& de l'ennuy. Son établiſſement eut une ſour-
ce pure, & ſes avantages primitifs tournoient
réellement au bonheur de l'humanité. Il falloit débander un arc que de trop grandes vertus tenoient dans une contention trop auſtere
pour être durable : Il falloit donner des loi-
ſirs à la peine & au délice ; trouver un milieu entre le travail pénible & l'oiſiveté ſuſpecte ; échanger dans quelques inſtants les
mœurs avec le badinage, confondre les hommes avec les hommes, & rapprocher leurs
ſituations diverſes dans une ſphere commune.
J'ai trouvé tous ces avantages dans la ſociété

d'une Dame Scythe, qui occupée uniquement du plaifir de ceux qui lui confacroient de refpeétueux hommages, & que l'attrait du jeu raffembloit en même tems dans fon habitation, devenoit leur meilleure amie & leur proteétrice infatigable. Mais je ne fus pas long-temps à reconnoître que l'abus d'un temps facré, l'intérêt avide, la défiance mutuelle, la fauffeté des égards & de la galanterie, même l'odieufe rapine défiguroient ce qu'un goût noble dans fon principe pouvoit avoir d'intéreffant. On abufe fi fort de cette paffion, qu'un homme à talents, un homme d'un parfait génie, une perfonne d'efprit empreffée à fe rendre utile, & qui aura les mœurs les plus douces, les jeunes gens les mieux élevés & de la plus belle efperance, ne trouvent point d'accès à Semnopolis auprès de la plus aimable partie du monde, s'ils ne peuvent étayer leur mérite d'une fortune confiderable & d'un amour décidé pour le jeu. Je connois vingt originaux dont l'œil a peine à foutenir la fadeur & l'impertinence, à qui quelques deshabillés galants, & quelque or donnent un air merveilleux dans les fociétés; tandis que je n'ai vû encore qu'un feul homme d'efprit, qui a eu befoin de tout le mérite d'une excellente piéce de Théâtre qu'il vient de compofer pour s'introduire auprés de quelques Dames Semnopolites. Que fçais-je même, fi mille riens défagréables prompts à sentir dans le grand monde, & difficiles à exprimer ne lui font point defirer quelquefois une obfcurité indépendante.

Il paroît auffi de loin en loin à Semnopolis, quelques hommes irréligieux par fiftême, & quelques libertins outrés par air Mais cela ne prend point. Ils y font connus & méprifés. Il n'eft pas de ville au monde plus ennemie de l'affreufe indécence & des confciences aveuglées.

S'il eft à Semnopolis quelques vices obfcurs, on y voit plufieurs ridicules bruyants & à la mode. On y trouve quelques hommes faftueux dont le luxe contrafte ordinairement avec la pauvreté. Ce font pour la plûpart des perfonnages confulaires. Craignés de les acofter dans les bals, dans les promenades, aux fpectacles : vous ne manqueriés pas de les affliger. Mais s'ils portent un habit du bon ton, ou s'ils ont pû feulement approcher d'un Sénateur ou de quelque femme du monde, gardés-vous bien de les faluer : ils ne vous verront jamais, & vous y ferés pour les fraix de la reverence.

Si vous avés de l'efprit, évités avec foin cet effain de jeunes gens frivoles qui font les néceffaires à l'ombre d'un paquet de fleurs, d'un éventail & d'une extrême fimétrie dans leurs cheveux : Fuyés ces petits demi-Dieux, ces jolis Semnopolites qui trépignent dans les ruës, qui parlent du bout des dents, & fans celle qui se tordent admirablement le gosier, pour vous siffler dans l'oreille quelques discours aigus ramassés à tort & à travers. A coup sûr ces gens-là sçavent tout, parce qu'ils ont essayé toutes sortes de mines devant leur miroir. Les railleries d'un lâche plaisant les divertiront bien mieux que les idées d'un esprit éclairé & judicieux. Redoutés de leur parler bon sens & connoissances. Toute la grace qu'ils pourront vous faire sera de vous traiter de pédant.

Par tout où il y a un goût décidé pour les talents, pour la galanterie, pour les plaisirs raisonnables ; il y aura nécessairement quelques hommes, qui plus foibles & moins ingenieux que le reste de la Nation, voudront suppléer à leur insuffisance par des fausses graces, des talents subtils, des goûts licentieux & dépravés.

CHAPITRE IX.

DE *l'Academie de l'Imagination.*

DEs observations legeres sur quelques Citoyens abjets dénuez de vertus & de talens, nous menent insensiblement à une discussion reflechie sur le goût général de la nation Semnopolite pour tout ce qui est beau, spirituel & ingenieux.

En entrant dans Semnopolis, l'Etranger reconnoît le vernis d'esprit & d'amœnité que le goût des lettres y répand & sur l'homme du monde & sur l'Artisan de la derniere espèce. Tout brille dans cette Ville des feux d'une lumiere agréable : elle guide ses habitans depuis leur origine à travers les ténébres de l'ignorance qui obscurcissent le génie de plusieurs nations voisines.

Un empressement naturel pour le Beau, me fit courir dès ma premiere jeunesse vers cet azile respectable où quelques hommes censés plus studieux, plus connoisseurs, & nés avec des talens plus exquis que les autres Semnopolites, gardent avec faste les précieuses archives de l'esprit, & perpétuent son regne par des nobles recompenses & des

couronnes célébres qu'ils font obligés de dé-
partir au plus vrai mérite , à l'éloquence la
plus féconde , à l'imagination la plus brillante.

Qui pourroit exprimer la furprife dont je
fus atteint en parcourant des yeux cette demeure facrée ? Une ſtatue dédiée à une illuftre Protectrice des Lettres , m'apprit qu'une
Scythe avoit élévé en partie les fondemens
de cet heureux Edifice. Pour former fon ame
à devenir l'organe légitime du goût, elle
étudia les mœurs dans la pureté de leur four-
ce , & pour ne pas ombrager les fiennes par
des couleurs fufpectes , elle ne reçut jamais
de Scythe dans fes bras. Auffi le fouffle de
fon ame fit éclore des fleurs brillantes qui
fe renouvellant d'âge en âge , affurent un
éclat immortel & des couronnes inalterables
aux travaux precieux , dignes fruits de l'efprit & du fentiment.

Ce jour étoit précifement marqué pour
diftribuer aux vainqueurs les prix de leurs
talens. Je vis bientôt des belles Scythes s'af-
feoir fur ce Tribunal augufte où l'on juge
fans appel les productions de l'efprit. Des
écrits immortels leur avoient déja merité des
couronnes ; & elles répandoient d'une main
ces fleurs éclatantes qu'elles avoient cueilli
de l'autre dans l'azile des Mufes. Epris d'une
inftitution divine , la feule dans tout l'univers qui ofe affurer aux femmes le droit de
juger

juger l'imagination, je trouvai leurs prérogatives dans le fonds de mon cœur ; &
j'avois toujours été persuadé que le beau sexe peut seul épuiser la délicatesse du sentiment, & que son esprit est le prisme heureux
qui en variant les traits de la lumiere, &
brisant son éclat sans perdre le germe de
leurs feux, sçait rendre le jour plus doux &
plus bel à nos regards.

Cette Accademie meriteroit les hommages
du monde par sa seule antiquité ; mais elle
est encore plus respectable par les ouvrages
sublimes auxquels elle a donné le jour. Les
Poësies les plus brillantes & les badinages
les plus ingenieux ont pris naissance dans
son sein, & quelque poison que l'envie ait
affecté de repandre sur les travaux de cette
Societé illustre, elle triomphera toujours des
âges & du mépris, à la faveur des flambeaux
qu'elle fait briller quelquefois au sein des
nuits les plus obscures.

Un défaut que l'on m'a paru relever avec
quelque fondement contre cette Accademie,
est le faste étonnant qu'elle exige de ses Orateurs. Il semble quelquefois que cette Societé
de Scythes a été établie pour égarer la raison
& non pour la ramener à ses principes. Elle
préfere en apparence ces feux passagers qui
tracent dans les Cieux un sillon éclatant de
lumiere à ces astres fixes dont la clarté est
constante & uniforme. Elle ne veut ni con-

vaincre ni inftruire : elle veut plaire & enlever. Chaleur, feux, entoufiafme , périodes
fonores, harmonie brillante, imagination,
fécondité , éclairs, tonnerre : On n'admire
que lorfqu'on eft reduit en poudre ; mais pro-
fondeur, génie, juftefte, ordre, prudence,
correction, principe, conféquence, netteté,
lumiere. Ah ! quel ennui que de pouvoir ouvrir tranquillement les yeux ?

Je voudrois que ce corps célébre differen-
ciât un peu fes objets. Il y a des occafions
où je lui pafferois de s'élever jufques à la
region de l'air, même jufqu'à la fphère du
feu ; mais il eft d'autres circonftances où
je voudrois qu'il eût la complaifance de ref-
ter fur notre terre. Que la Poëfie foit hardie,
fougueufe & enthoufiafte : elle feule a le
droit de délirer & de nous charmer dans fes
délires , & l'on doit avouer que quelques
Scythes ont merveilleufement réuffi dans cette partie. Mais que des hommes qui difcu-
tent des verités effentielles , dont l'efprit le
plus appliqué & le plus fin a peine à faifir les
diverfes forces, foient tenus de donner des
couleurs fantaftiques à des images qui ne deviennent convainquantes que par leur fim-
plicité & par leur unité , c'eft perdre le principe des chofes, c'eft égarer les conféquence

Il eft des vérités de reflexion, il en eft de
fentimens, il en eft de paffions. Dans la re-

preſentation de ces deux dernieres, il eſt aſſez permis à l'extravagance d'abuſer du cœur humain & de rendre des chimeres palpables : mais la ſageſſe ſeule a le droit de faire gouter les verités refléchies : Et comme c'eſt à ce genre de verités que l'Accademie de l'imagination aſſortit ordinairement les ſujets qu'elle propoſe, peut-elle exiger la fureur des expreſſions des Auteurs qui ont entrepris de les traiter ? Penſe-t'on qu'un Peintre qui voudra tracer les avenuës eſcarpées du Mont Piérius, puiſſe repandre ſur ſon tableau des couleurs deſtinées à peindre les délicieux Jardins de Pomone ou la belle vallée de Tempé ?

On a oſé reprocher à ce corps illuſtre de reſſembler beaucoup dans la diſtribution de ſes prix aux Academies Gymnaſtiques de nos Ancêtres. Que tout de même que dans celles-ci l'agilité des Courſiers valoit des couronnes à leur guide, les mouvemens que ſe donnoient des protecteurs d'un certain ordre, aſſuroient aux Auteurs les ſuffrages de la ſocieté fleurie.

Ce reproche me paroit déplacé, parce que j'ai oſé l'appronfondir contre moi-même. Sur la foi de quelques ſages, je crus pouvoir prétendre aux couronnes de l'Academie des fleurs. Mes prétentions furent repouſſées peut-être avec trop peu de ménagement ; mais je ceſſai de me plaindre lorſque j'eus connu mon vainqueur.

CHAPITRE X.

DE *l'Academie du Sçavoir.*

UNe jeuneffe imprudente m'avoit porté à déclamer contre les Lauriers que difpenfe l'Académie de l'imagination. Détracteur de ces couronnes, j'ambitionnai les fuffrages de l'Académie du fçavoir.

Je me gliffai bientôt fous fes portiques, à l'ombre d'un genie fublime, à qui la Scythie avoit donné le jour, que le Nord avoit rendu dépofitaire de toutes fes connoiffances, qu'un Roi fage avoit choifi entre tous pour fixer la figure de la terre & pour déterminer les loix de l'univers. Peuples, ce grand homme vient d'expirer : jettés tous fur vos pas des Lys & des branches de Cyprès pour fatisfaire à fa mémoire. Le Monde entier eft fon tombeau.

Pour me rendre digne en quelque maniere des brillants aufpices fous lefquels j'avois été introduit dans ce lycée augufte, je m'appliquai auffi-tôt à tracer les hauts faits des illuftres Amazones, qui avoient pris naiffance à Semnopolis, les Loix qu'elles avoient données à la Nation, & celles que la nation elle-même avoit créées en leur faveur. L'objet de mes travaux dut faire illufion, puifqu'on

daigna m'applaudir. Bien-tôt quelques hommes respectables firent naître en moi le desir
de m'associer aux travaux de l'Accademie
du Sçavoir; mais j'eus assez de force pour ne
pas desirer un si grand avantage avec fureur ;
je me mis donc sans faste au rang des préten-
dans à ces places illustres où le genie &
l'esprit marchant d'un pas égal, se communiquent tous les charmes & toutes les res-
sources du mérite. Un astre fortuné sembloit
diriger mes pas. Géomêtres , Philosophes ,
Litterateurs , tous voulurent bien descendre
jusqu'à moi : tous me charmoient par une
complaisance à laquelle ils daignoient prê-
ter le regard de la Justice.

Un Philosophe de cette troupe auguste
m'arrêta sur le seuil du Temple du Sçavoir,
dans cet instant où mes pas témeraires al-
loient franchir l'espace immense qui le sepa-
roit de moi. La bizarrerie excessive de son
caractère lui avoit valu le nom de Discole.
Cet homme singulier pour qui j'avois eu des
égards constants & qui les paya d'une noire
perfidie , mériteroit bien que je peignis ici
son image affreuse la seule qui m'ait effrayée
parmi mes Concitoyens. Mais je dois épargn-
ner cet hideux tableau à la délicatesse de
ceux-ci , & ne me venger de la fausseté de
son ame qu'en étendant jusqu'à lui les témoignages de cette vive tendresse que je porte à tous les hommes.

D iij

Difcole avoit pallé dans le fanctuaire des
Mufes : ma vûe le fit fremir, il courut m'em-
braller à diverfes reprifes avec trois ou quatre autres Philofophes, d'ailleurs eftima-
bles, fur lefquels il avoit fçu repandre un
poifon magique. Je m'apperçus que la force
du venin étoit prête à me confumer, & je
difparus des portes du Temple avec précipi-
tation.

Que je vous regrettai, Scythes aimables,
vous tous qui compofés cette Sociecé célébre je n'ai vû chez vous qu'un traître & quelques hommes trop faciles pour ne pas fe
laiſſer féduire. Mais combien de talens, que
de genie, que de fçavoir & fur tout que
d'humanité, que de vertus, que de vrais
Philofophes ai-je vû briller dans vos aziles !
Mon ame toute reconnoiffante de ce que
vous avez refléchi fur elle quelques rayons
de votre lumiere, refpectera & cherira d'autant plus votre fouvenir, qu'elle s'eft refo-
luë à n'approcher jamais du centre où vous
réuniffez vos connoiffances fublimes.

CHAPITRE XI.

Des *Arts Libéraux*.

SI l'imagination & le sçavoir ont des droits sacrés sur la protection & sur les hommages des Scythes, cette nation ne régarde pas avec moins de complaisance les Arts agréables, ces fruits intermédiaires de l'esprit & du sentiment. Le Peintre, le Sculpteur, & l'Architecte, jouissent à Semnopolis des prérogatives les plus flatteuses. On y decerne des prix aux jeunes Artistes, que leurs ouvrages ont rendu dignes d'exercer les beaux Arts. Leurs Maîtres habiles ne peuvent devenir leurs Juges qu'après avoir accumulé sur leurs têtes les couronnes les plus brillantes. On a établi dans cette Ville une societé où les Peintres féconds, les Sculpteurs habiles, les Architectes ingenieux se communiquent les chefs-d'œuvres sortis de leurs mains, & en font valoir l'invention, la vérité, & les ornemens Là des hommes éclairés en tout genre, & des personnes d'une naissance distinguée viennent jouir des heureuses situations de la nature occupée à copier ces ouvrages. J'ai entendu relever les défauts qui aux yeux des connoisseurs jettoient des ombres confiderables fur le mérite de cette focieté. Mais Callophile n'eft ni Peintre, ni fculpteur, ni Architecte, & ne veut point imiter quelques legers Semnopolites, qui difcourent beaucoup fur ces Arts fans en avoir le moindre principe, & que l'on pourroit même foupçonner d'être dénués à cet égard des avantages d'un goût naturel. Tout ce que je crois devoir remarquer, c'eft qu'on ne fait point affez entrer la connoiffance de la peinture & du deffein dans la maniere d'élever des Dames Semnopolites, il y a plufieurs occafions où elles auroient befoin de favoir peindre pour fe fouftraire à l'ennui & à la vûe de foi-même..

La Mufique, ce prefent fublime de la Divinité & l'image de fes plaifirs, cet art que la Providence a créé pour amufer la raifon, pour rendre nos mœurs fociables, & pour que nous puiffions nous exprimer doucement avec nous-même dans le calme des paffions, jouit à Semnopolis d'une empire plus étendu que les autres Arts de pur agrément. Les Semnopolites ont un goût particulier pour ce charme du cœur. Les voix font belles en général ; on en trouve de raviffantes. Plufieurs Scythes tirent à leur gré de divers inftrumens, des fons tendres ou terribles, des accens qui favent incliner les cœurs vers une douce mélancolie, & des accords qui peuvent élever les ames jufques au faîte de la joye : Ils s'affemblent tous au moindre fignal pour enfanter les Concerts les plus fublimes ou les plus affectueux. Quel préfage en faveur de la nation ?

Divine Semnopolite, que la fortune vient d'arracher de nos bras, & qui après avoir fixé les adorations de vos Compatriotes, avez été recevoir à Athéopolis des hommages plus brillants, mais peut-être moins purs que les nôtres ; vous que les Mufes ont paré de tous leurs thréfors, que ne pouvez-vous vivre dans tous les âges ! Vous feule pourriez conftater au monde l'élevation & la célébrité que l'harmonie avoit acquife parmi nous. Par quelle fatalité avons-nous pû vous perdre fans retour, vous le triomphe des arts : vous le prodige de la beauté ?

Que cherche le Dieu de Cithere, dans ce Palais antique le feul à Semnopolis, qu'ofe avoüer la majeftueufe Architecture ? Venus a perdu, dit-on, une de fes graces : Apollon une de fes Mufes, & c'eft à la gloire de les découvrir, que ces deux Divinités qu'ils avoit offenfées, ont attaché fon pardon. Il a apperçu Æmilie entre deux Senateurs aimables, auffi chers a Pallas, qu'à la juftice. Epris de fa noble douceur, du charme de fes traits, le Maître du Gnide s'approche : l'air devient plus pur : la nature prête filence : les humains s'attendriffent. Le plus doux fentiment voltige au tour d'Æmilie, & la volupté enchantereffe préfide à fes accens : c'eft Euphrofine qui parle, c'eft Euterpé qui chante. Amour, que faites-vous ? vous ne ramenerez à Apollon & à Venus ni leur Mufe ni leur Grace, & je vous vois même oublier Pfiché dans les bras d'Æmilie.

CHAPITRE XII.

Du Senat.

Elevé à l'étude de la Jurisprudence, je me fis une Loi de frequenter cet azile respectable de la Justice & des mœurs, ou quelques Citoyens destinés par leur rang & leur vertu à être les organes de Thémis, reglent d'un coup d'œil la fortune & la vie des Citoyens. Entre tous les Tribunaux sacrés qui ont été les soutiens de la puissance legislative dans les Provinces Scythes, les Senateurs Semnopolites peuvent à tous égards se flatter de la prééminence, soit par la sagesse de leurs décisions, soit par la vénération extrême qu'ont pour eux les Peuples confiés à leurs soins.

Le Chef du Senat est un homme recommandable par ses mœurs, par l'enjouement de son esprit, par ses lumiéres, par sa candeur, plus encore par l'amour des Semnopolites. Le poids des années l'éloigne malgré lui du Palais de Themis : mais la nation a trouvé dans celui qui s'assied à sa place un Senateur auguste dont la vertu lui est aussi chere, & dont les oracles sont reverez du Senat même auquel il préside. Felicite-toi,

heureux Callophile, d'être né à Terpsipolis :
Chrisiphile y naquit comme toi. La beauté
de son ame, l'integrité de son jugement, la
sagacité de sa raison, la sureté de ses lumieres, son humanité, tout lui assuroit les rênes
de cet Empire ; puisse-t'il les conserver autant qu'il sera adoré des Terpsipolites ! il
marchera au-delà des siécles.

Et toi qui conserves dans un âge avancé
toute la force de l'esprit, toute la vigueur
des idées, tout cet amour pour la patrie qui
fut le mobile de ta jeunesse, toi dont le jugement & la saine expérience retabliroient
l'ordre des peuples, quand ils auroient perdu
leurs loix & leurs usages ; toi que le Mo-
narque Scythe honore de ses bienfaits dans
une carriere marquée ordinairement par des
travaux ignorés, & une sagesse qu'on dédaigne d'approfondir : Tige respectable dont
les rejettons illustres presagent déja d'être un
jour l'honneur & l'appui de la Nation, re-
çois le tribut de ma venération avec les
vœux de la Scythie entiere. Chrisiphile &
toi nous jugés comme nos Dieux : pourquoi
vivriez-vous aussi peu que des hommes ?

Le Senateur Semnapolite fut souvent le
conseil des Rois & l'ame des Etats. Reputé
par son desinteressement autant que par la
superiorité de ses lumieres, il a fixé quelquefois le sort des Empires avec autant de sagesse, qu'il a assuré le bonheur & l'état d'un

ſimple Cytoyen. Appliqué par inclination & par devoir, la ſollicitation de ſes Clients n'a de credit auprès de lui, qu'autant que la juſtice ſert de fondement à la priere. Il ferme opiniatrement les yeux à une lumiere ſuſpecte, pour écouter les Loix poſitives & les régles naturelles. Ni l'éloquence, ni la beauté, ni les paſſions ne peuvent le prevenir ou le ſéduire. Il répond aux graces & admet leur empire hors du Tribunal de Thémis : il les éloigne ou les mépriſe lorſqu'il s'aſſied ſur le Thrône des juſtes.

Mais écoutez ma voix, Senateurs illuſtres, vous tous que les Dieux, les Rois & notre confiance ont prépoſé au maintien de notre bonheur, & à la ſureté de notre vie. Rappellez ſouvent, que Semnopolites comme nous, vous n'avez été long-tems ni plus reſpectés ni mieux partagés des dons de la fortune. Le titre auguſte dont une providénce ſacrée daigne couronner votre front, ne doit pas vous inſpirer une vanité effrenée & un mépris apparent pour des hommes que les circonſtances les plus legeres empêchent d'être admis à votre rang. Pourquoi dédaigneriez-vous des Scytes qui vous aiment, qui vous eſtiment, qui ſe ſont rendus eux-mêmes tributaires de votre éclat ? mais qui ne manqueront point d'hair & de mépriſer les maîtres de leur ſort, quand à l'humanité & à la douceur qu'ils vous ont preſcrite, ils vous

vous verront fubftituer une arrogance faf-
tueufe, toujours indigne de la confiance & de
l'eftime des peuples.

Rappellez encore que vous êtes les premiers Œconomes du fang de la nation, &
que pour un feul homme que vous rendrez
vertueux par la terreur de vos Arrêts, vous
en rendrez peut-être mille coupables, par
l'abus de votre puiffance : fervez la nature
& foutenez-là dans tous fes droits, mais
non par des voyes qu'elle puiffe défavouer.
Je m'égarerois fans doute dans mes reflé-
xions : Senateurs, il me fuffira de fixer vos
regards fur ce mortel génereux, qui prefida
long-tems aux arrêts de vie & de mort que
vous portez fur le Semnopolite ; qui eftimé
des diverfes nations dont il courut étudier &
dont il fçut rracer les mœurs & les fentimens,
fut le plus ferme appui de l'humanité & le dé-
fenfeur inviolable du fang de fes Compatriotes ; qui toujours d'un abord facile, d'un
commerce aimable, de la vertu la plus douce, fit fervir fa Philofophie au bonheur des
hommes, & ne fit ufage de fes vaftes talens
que pour éloigner habilement les orages
qu'éleve l'injuftice, fans brifer la nuée qui
les renferme.

E

CHAPITRE XIII.

DES Officiers subalternes & des Ouvrages publics.

OUtre les Magistrats suprêmes qui veillent d'une maniere étendue au bonheur & à la sureté des Semnopolites, il en est de particuliers dont le ministère s'acheve chaque année, qui sont chargés de pourvoir aux besoins & aux commodités des Citoyens, & de terminer les dissentions legeres qui peuvent s'élever entre eux. Ces hommes à l'administration desquels le Prince a attaché les privileges de la Noblesse, procurent tous les jours des avantages considerables à la Patrie Ils veillent à la pureté des mœurs, à la regularité du commerce, au prix des denrées, aux exactions que pourroient commettre ceux qui débitent les premiers principes de la vie. Ils font respecter la Legislation, ont les yeux ouverts sur la rapine, assurent l'éxécution des ordres portés par le Prince & le Senat, previennent les besoins urgens du peuple, s'occupent de ses plaisirs légitimes & de l'embelissement de la Ville. Ils sont les œconomes de la santé des

Semnopolites, & entretiennent le bon ordre dans toutes les parties de la Cité.

On ne sauroit assez respecter cette heureuse institution, & trop applaudir à ces hommes estimables qui remplissent dans toute leur etendue les soins précieux qui leur sont confiés. On peut dire même qu'il y a tel de ces hommes, qui par son zele infatigable & & son attention invincible sur tous les points du devoir dont il est chargé, mériteroit des Statues & des hommages publics, s'il savoit s'arrêter au point où l'obligation cesse, & où commence une ridicule témerité.

On a accusé souvent ces Officiers publics de donner eux-mêmes dans les excès qu'ils tachoient de reprimer dans les autres. On leur a aussi reproché de même qu'à leur Conseil, de ne pas être assez intelligens dans l'emploi qu'ils font des biens patrimoniaux de la Cité. Le peuple se plaint encore de ce que ces Magistrats Municipaux entreprennent des ouvrages publics dont ils se contentent de déterminer l'immensité, sans mesurer les forces de la Nation, son goût légitime, la possibilité & les inconveniens des projets ; de ce qu'ils détruisent ou déteriorent sans aucun avantage réel pour la societé, les Maisons & les propriétés des Citoyens : il crie à haute voix que les ruës de sa Ville sont mal pavées, que les sources tarissent dans son sein, que les égouts sont très-mal entretenus, fe rempliffent ou s'éboulent fans ceffe, que les illuminations préparées pour éclairer le Semnopolite au milieu des nuits les plus obf- cures diminuent dans le nombre & dans la durée ; que les bains publics, ornemens ordinaires des Villes anciennes & moder- nes, font abfolument inconnus dans celle- ci ; que des Edifices commencés à grands frais ne peuvent s'achever, ou font conduits avec une lenteur qui trahit la magnificence du projet & qui jette une ombre fufpecte fur la fortune des Citoyens : que ces chefs Con- fulaires déprecient & faliffent même les ou- vrages qu'ils deftinent à l'embeliffement de Semnopolis, en plaquant leurs portraits ou leurs armoiries dans tous les lieux éminents ; qu'enfin il n'y a dans la Patrie ni Obferva- toire commode pour mefurer le cours des Aftres qui roulent fur nos têtes, ni de lieu propre à l'étude de la Médecine & de fes di- verfes opérations.

Pour moi, je fens les difficultés de fatis- faire le peuple conftamment, quelques légi- times que puiffent être fes plaintes. J'infifte- rai feulement fur le dernier chef de fes de- mandes, & je reprocherai aux nouveaux Pa- triciens d'être en quelque façon les caufes du difcredit où fe trouve la Médecine à Sem- nopolis. Quelques détracteurs que cette fcience ait trouvé parmi les hommes, il eft ridicule d'en contefter l'utilité à certains égards, fur tout fi nous l'envifageons du côté de la Chirurgie. Il y a dans ce genre quelques Semnopolites ingenieux & habiles, à qui la Patrie eft redevable tous les jours des plus précieux avantages, & dont l'expérience & le fçavoir paroiffent exiger de nos Officiers Confulaires, qu'à l'exemple d'une Ville voifine, ils élevaffent un Edifice fuperbe où la mort fembleroit avoir une fatisfaction plus marquée à fecourir la vie de fes threfors & de fes reffources. *

Je n'ai pas cru devoir m'étendre ici fur les Magiftrats intermediaires, placés dans Semnopolis entre le Senat & ces Officiers fubalternes dont je viens de parler Voifins du centre des vertus, & cedant à la premiere force motrice, ces dignes éleves de Thémis brillent conftamment des rayons de lumiere & d'équité que la juftice fuprême a porté fouvent dans leur fein.

* *Note de l'Auteur.* Il y a à Semnopolis un très-petit Emphitéâtre deftiné aux Opérations de la Chirurgie, avec cette Infcription Sauromale. *Hic locus eft ubi mors gaudet fuccurrere vitæ.*

CHAPITRE XIV.

D E la Noblesse, du Commerce & de l'Agriculture.

Lors de l'établissement des Amazones dans ces climats, il y avoit trop de franchise dans les mœurs & trop d'égalité dans les prétentions, pour que l'Etat se donnât beaucoup de Patriciens; aussi presque tous les Semnopolites sont assez de race plebeyenne, quoique plusieurs s'efforcent de l'oublier.

Il en est cependant quelques uns, qui par une suite de générations respectables, remontent avec gloire jusques à ces Scythes guerriers, qui se distinguerent le plus dans les combats lors de l'établissement de cette Province, & quelques autres issus de ces autres Semnopolites, qui reputez meilleurs que le reste du peuple, fonderent les principes de la Legislation. Il est affreux combien les hommages que l'on rend à ces nobles Semnopolites, sont au-dessous de ce que l'on doit à leur sang, mais qu'ils ne se plaignent point de leur discredit, puisqu'ils se sont avilis eux-mêmes dans les dissentions qu'ils ont eu avec leurs Concitoyens en fe méfiant des lumieres qui devoient les juger, & en courbant une tête fervile fous des nouveaux Senateurs en qui ils ne reconnoiffoient d'autre mérite que le bonheur de leur pofition.

Un autre inconvenient funefte au privilege du fang & contre lequel on fe recrie depuis plus d'un fiécle, eft la facilité ridicule qu'ont les Négocians de Semnopolis de devenir hommes Confulaires. Une fomme modique leur procure cet honneur, préfage ordinaire de la chute de leur famille & de leurs talens; puifque la plûpart livrent au fafte, foutenu d'un titre onereux, la fortune legere que le Commerce leur avoit acquife. Auffi voit-on cette Ville fuperbe décroître tous les jours de fes premieres richeffes; qui le diroit? de fon goût & de fes connoiffances. Tous les talens s'appauvriffent, parce que le nerf du mérite en tout genre y eft épuifé & détruit. Pour faire une Ville ingenieufe & fçavante, il ne faut point y faire regner le luxe, mais y pourvoir abondamment à tous les befoins. Du refte, la dépopulation eft fenfible à Semnopolis. En vain la nature & l'art embraffent cette Ville heureufe par des canaux utiles qui rapprochant les Mers les plus éloignées, pourroient apporter dans fon fein les threfors de l'Univers. Sa fituation devient pour elle un préfent inutile de la Pro-

vidence, tandis que des Villes voifines fe peu-
plent & s'enrichiffent avec de moindres a-
vantages pour le Commerce.

L'état de Négotiant eft fans doute une profeffion digne d'acquerir les honneurs les plus
éminens, par les fervices réels qu'elle rend à
la Patrie. Mais ce n'eft qu'à la confideration
difcutée de ces fervices, que je defirerois que
le Prince attachât le Privilége éclatant de la
Nobleffe, avec la liberté de continuer le Commerce. Je voudrois en confequence que tout
Commerçant qui afpireroit à ces avantages,
donnât une notice des grands objets qu'il a
embraffé en fa vie, des entreprifes qu'il a
formé pour le bonheur de l'Etat, & des biens
réels qu'il poffede, dont je voudrois fixer la
valeur au moins à 45 talents d'or.

Cet expédient, quelque difficile qu'il foit
dans l'execution, & quelque diverfité qu'il
mette dans les priviléges du fang, me paroît
cependant bien au deffus de celui que propo-
fent certains Scythes, qui en rapprochant
en général le Commerce & la Nobleffe, fem-
blent vouloir les détruire l'un & l'autre, &
les faire reffembler à deux hommes qui s'é-
toufferoient dans leurs embraffemens.

Les Loix de Semnopolis ont confirmé le
caractère naturel des Citoyens, qui leur fait
avoir le duel en horreur. La nobleffe du fang
avoit introduit cet abus redoutable : la nobleffe de l'ame l'a anéanti. Je fuis conféquem-

ment bien étonné de voir adjuger des Prix honorables à des jeunes Scytes , qui négligeant & meprisant même des connoissances utiles , se livrent plusieurs années au goût frivole de combattre méthodiquement un Champion , sans aucun fruit pour eux & pour la Patrie ; & que celle-ci ait la facilité de couronner les plus adroits dans un genre bien plus dangereux qu'estimable. Pourquoi ne pas détourner ces recompenses d'un côté plus avantageux à la Nation , & donner ces Prix séduisants à un bon Frondeur , à un bon Navigateur , à un bon Arbalêtrier , à un homme qui dompteroit habilement des chevaux , à un Hydrostaticien ingenieux , &c.

La cessation ou du moins la langueur du Commerce à Semnopolis , y rend l'Agriculture oisive & trop peu estimée. L'Habitant y veille beaucoup sur ses vins & pas assez sur ses fromens : on n'a guere les yeux ouverts que sur cette premiere partie de la culture ; & l'on laisse à des vieux Domestiques , pauvres , mal-adroits , sans ame , sans vuës & presque sans desirs , tout le soin d'ensêmencer les grains , de les aider dans leur cruë & de les conduire à une heureuse maturité. Le Proprietaire craint de porter ses reflexions sur cette partie de ses revenus. Aussi le rapport des fromens n'est jamais dans ce pays en raison de la fécondité naturelle ;

On a la pareſſe d'abuſer exceſſivément des faveurs qu'une bonté ſuprême a verſées ſur ce climat. Pourquoi à l'exemple d'une des Provinces voiſines n'introduit-on point à Semnopolis des recompenſes pour les Agriculteurs habiles ? recompenſes auxquelles toutes les conditions ſe feroient un honneur d'aſpirer, puiſque les découvertes en ce genre ſont le nerf de l'exiſtence de toute eſpèce d'hommes.

CHAPITRE XV.

D e s *Avocats.*

D E'coré du titre spécieux de Juris-consulte, & ma fortune n'étant point assés riante, pour que je puffe m'emparer du glaive de Thémis, je formai le projet de diriger sa balance. Je parvins bientôt à cette position flatteuse, qui fait au Citoyen habile & sage une loi & un honneur de défendre l'Etat & les fortunes de ses Compatriotes. Cette Profession eut à Semnopolis des principes brillants, parce que ses vûës étoient augustes, & les moyens qu'elle employoit dignes de la plus grande vénération. Avoüonsle à la honte de notre Barreau : Il faut recourir à ses premiers fastes, pour se convaincre de toute sa gloire. Si nous l'examinons de près, nous sommes forcés de le comparer à ces anciens tableaux chefs d'œuvre de l'art, sur lesquels le temps a jetté des ombres funestes.

A Dieu ne plaise que je sois cependant le détracteur injuste des lumières fécondes qui brillent sur les Tribunes de la Justice. Le dis-crédit de l'Orateur Jurisconsulte, procéde bien moins de ses propres defauts, que de la

révolution des choſes humaines. Examinons
toute-fois ſi l'Avocat ne contribue pas lui-même en quelque partie, à faire dégénérer cette Profeſſion de la ſplendeur vertueuſe qui la
rendit reſpectable aux yeux de nos Peres.

J'avouerai que les lumieres & les forces
humaines ayant acquis un dévelopement plus
conſidérable dans notre ſiécle, elles ne ſem-
blent plus devoir nous éblouir autant, ni oc-
caſionner la même ſurpriſe. Le Royaume des
paſſions eſt connu, & ſes bornes ſont fixées.
Tout homme ſçait être beau diſeur, & même Sophiſte. Chaque particulier eſt Orateur,
& redoute les Orateurs : à peine daigne-t'il
applaudir à tout ce qu'on appelle éloquence.
L'Avocat célébre eſt donc réduit aujourd'hui
à avoir quelque étude, de bonnes mœurs,
une ame noble & déſintereſſée, de l'ordre,
du jugement & de la correction, de l'eſprit,
tant ſoit peu plus que le commun des hommes, quelques graces naturelles, une mâle
pénétration ; mais ſurtout de l'expérience.

Cette Profeſſion une fois déterminée dans
les Loix du ſiécle & dans ſes principes actuels,
examinons quels défauts eſſentiels rendent
certains Avocats peu célébres parmi nous.

L'Etat d'Avocat étant devenu moins brillant en lui-même, & de-là plus commun,
on voit bien des perſonnes embraſſer ce parti,
qui nées ſans éducation, & qui ne connoiſ-
ſant ni les livres ni les hommes, ne ſe ſou-
tiennent

tiennent dans leur Profession que par un langage bisarre, indécent & grossier, langage
qui donne cependant du lucre, parce qu'il a
l'art de plaire à la grosse multitude. Je voudrois que ces hommes qui ne peuvent man-
quer de se connoître, se donnassent la peine
de lire une heure le matin, des livres de saine Litterature ou de Morale, & le soir celle
de voir une autre heure des honnêtes gens.

On m'a assuré qu'il étoit dans cet état d'autres hommes extraordinaires, qui nés avec
quelque douceur, complaisans, polis, &
même très-humbles dans le principe, mais
parvenus une fois à capter à force de bassesses
la confiance du Peuple, osoient mépriser les
Grands, outrager leurs égaux, maltraiter
leurs inferieurs: qui se présumiant des titres
& un mérite qu'il leur étoit impossible d'acquerir, pensoient suppléer par un organe
brutal au sel qui manquoit dans leurs écrits,
& déprimoient avec arrogance le génie dont
ils ne pouvoient soutenir les regards. Statues
Colossales sans grace & sans ornemens, ils
osent, dit-on, rassasier leur effronterie superbe du plaisir audacieux de morguer la Loi,
le Législateur, le Sénat & le Public. Si ces
hommes peuvent exister, par quelle complaisance aveugle des Magistrats justement
fiers & toujours respectables, ne les punissent-
ils pas au point de les ensevelir sous leur propre orgueil ?

F

Combien d'autres défauts tachent irrévocablement la gloire de cette Profeſſion ? Ces Avocats tout auſſi éloquents que les premiers Maîtres de l'Art , penſant toujours parler comme eux à des ſcélerats ou à des rebelles , ombragent par un Cyniſme perpétuel & par des invectives outrées , les traits mâles & lumineux dont brillent leurs Ecrits. Ces autres courberont lâchement une tête ſuppliante , ſous la main protectrice de ces hommes chargés par Office de porter aux pieds des Magiſtrats les premieres défenſes des Parties, pour qu'ils daignent leur conſentir quelque cauſe minucieuſe , au ſuccès de laquelle la ſupériorité des talents eſt preſque toujours un obſtacle.

Ici ce jeune homme preſſé par des parens injuſtes , ou par l'appât du lucre le plus modique , ſacrifiera l'étude des Loix de l'Etat & des principes de ſa Profeſſion , au plaiſir frivole de monter ſur la Tribune dès ſon enfance , & d'y balbutier quelques mots étrangers à ſa cauſe & à l'oreille de ſes auditeurs. Mais comme il eſt abſolument ſans experience , ſi quelque demi-Dieu lui diſpute le rênes du jour , il tombera comme Phaëton au ſein des ténébres , ſans avoir ſeulement le temps ou la force de ſe plaindre de ſon infortune.

Suivons cet Avocat jeune & débile , qui ſans avoir étudié l'eſprit du ſiécle & l'ame du Sénateur , débite avec faſte ſur la Tribune,

& fans s'appercevoir qu'on le fiffle, une grande fuite de périodes arrondies, de Figures de Rhétorique, de mots extraordinaires, de comparaifons merveilleufes. De quoi s'agit-il ? D'une Veftale qui demande qu'on lui adjuge de quoi rallumer le feu facré qui vient de s'éteindre. Bourreau, nous ne fommes pas à Memphis au pays des Hieroglyphes. Parle avec correction, avec ordre, avec prudence ; fi tu veux, avec grace & avec fineffe : Mais point de phrafes, point de Métaphores, point de belles chofes. Ah ! tu veux être un bel efprit ou *un Poëte ;* tu perdras toujours tes Procès.

Tirons le rideau fur ces vices affreux dont la malignité s'efforce de noircir la gloire de notre Barreau. Eft-il quelqu'un d'entre nous qui puiffe ignorer que fon art fut défintereffé dans le principe, & occupé à la défenfe de la feule vertu, & qui ofe vendre fa protection à l'injuftice au prix le plus exorbitant ? Eloignons auffi de notre pinceau ces ames foibles & jaloufes qu'on accufe de ne voir qu'en frémiffant, les progrès du mérite & la réputation de leurs femblables.

Mais pour quelques hommes dignes dans cette Profeffion magnanime de la cenfure des Peuples, combien de cœurs fages, d'efprits bien faits, d'ames refpectables, cet Etat fublime n'offre-t'il point au Semnopolite ?

Je t'ai déjà confacré mes hommages, ô toi,

qui pliant la raifon des jeunes Semnopolites aux vrais Oracles de la Juftice, as fçu diriger avec tant d'art & de lumieres celle de tes premiers Contemporains, de ces hommes exquis deftinés à juger la Nation. Tu fus dans tes differens âges l'organe de la probité & du fçavoir , & tu fçus devenir utile à tous les âges : ton nom volera dans les fiécles.

Defcends du faîte du fçavoir & de la Religion, Homme Illuftre , dont la gloire a paffé dans les climats les plus éloignés : toi qui n'approfondis les loix & les ufages des Peuples Scythes, que dans ces graces fublimes que la providence a verfées fur eux. Oracle des Dieux & des hommes, puiffes-tu tracer à la pofterité la plus reculée les véritables Décrets de la faine juftice & de la pieté néceffaire.

Et toi, dont la pénétration découvre avec une œconomie heureufe les differents replis des cœurs & des efprits, & des événements, & qui repands fur tes opérations la clarté la plus énergique & l'expreffion la plus féduifante ; qui faififfant la vérité fous fes faces diverfes, ravit aux Loix leurs myftères avec la plus douce fagacité. Puiffes-tu être long-temps le fiége de la délicateffe de l'efprit & de la fineffe ingenuë du fentiment.

Quel Avocat célébre marche fur tes pas ? Je lui parle : il m'entend. En vain je lui déguiferois mes défavantages, ou je lui expri-

meroïs mes droits avec infuffifance : il per-
cera dans mon cœur, & lira dans l'ordre abfolu des chofes. Il verra la vérité du premier
de fes regards. N'infiftons point : Il a tout
penfé, tout difcuté, tout prévu. Confulte-
ra-t'il les Loix ? Elles font toutes nées pour
obéir à fon Jugement. Il eft mon dernier
Oracle.

Hâtez-vous de prouver à la Nation, qu'il
faut que la majefté de la Patrie foit décorée
de l'éclat des armes guerrieres, comme elle
eft armée par la force des Loix, vous qui paf-
fant du Temple de Bellone au Sanctuaire de
Thémis, avez fait refpecter à la Nation ces
deux Divinités fuprêmes.

Accours favori des Graces & de la modération : toi dont la voix agréable intéreffe
toute mon ame ; toi qui pourrois féduire la
Juftice par l'amœnité de ton efprit & de tes
organes, fi ton amour pour la vérité ne la
retabliffoit dans fes droits. Hâte-toi de fixer
la plus belle partie de la Jurifprudence humaine. Mets dans un jufte équilibre les droits
des Miniftres de la Religion, & l'autorité du
Prince qui regne fur nous : Que l'ordre de ton
ame dirige l'arrangement de tes difcours,
que tes expreffions foient celles de la nature,
que tes Juges te repondent par un doux fourire, tes adverfaires par des éloges, le Public Semnopolite par un défir ardent de te
confier fes priviléges pour les difcuter au pied
du Throne.

Quelle imagination féconde brille par éclairs dans le Sanctuaire respectable de la Justice ? Rien n'échappe à sa sagacité, à sa mémoire, à son jugement. Son génie a saisi tous les objets. Ni les actions des hommes, ni leurs motifs, ni les Loix, ni l'esprit du Législateur, rien ne lui est caché, rien ne peut tromper l'universalité de ses connoissances. Tantôt c'est un foudre qui renverse tous les obstacles & qui ébranle l'iniquité par des coups sûrs & rapides, tantôt c'est un homme aimable, qui obligé de jetter sur l'injustice le voile du ridicule, parvient heureusement à la rendre encore plus défavorable aux yeux qui doivent la juger. Des objections fausses ou captieuses ne peuvent ébranler la justesse de ses idées : plus on jette des entraves à son éloquence naturelle, plus elle se pare, plus elle s'embellit, plus elle est convainquante.

A quoi t'occupes-tu, Callophile ? Es-tu né au rang des grands hommes pour oser les peindre ? Vois circuler à tes côtés dans cette noble carriere, un essain d'esprits sublimes, d'ames généreuses, de graces naturelles, d'organes brillants, de vertus solides, de talens dans tous les divers genres de Jurisprudence, d'hommes infatigables. Tu brules du désir de les connoître, de te les retracer, de leur consacrer tes éloges. Arrête, jeune Callophile : Semnopolis les gravera dans ses fastes : ils sont trop chers à ton cœur, & ten enthoufiafme pourroit égarer la vérité de leur mérite.

Tu vivras fans doute dans la plus belle immortalité, mon cher Dunamis, & mes éloges ne pourront ni te déprimer ni t'ennoblir. Pourquoi refuferois-je ton image à toutes les facultés de mon ame qui me la redemandent fans ceffe ? Venez, mon ami ; (ce titre n'eft point pour vous, il eft pour moi feul) enfeignez-moi comment affis au deffus des préjugés, vous ne les admettrez que lorfqu'ils colorent à vos yeux la fageffe. Egalement fatisfait d'être connu & d'être ignoré, vous aimez la nature par inclination & l'art par modeftie. Affable envers tous les hommes, leurs vices ne vous irritent jamais, leurs vertus vous ravifient, vous riez fans fafte de leurs ridicules, & leurs talents n'exciterent jamais votre jaloufie. Vous fçavez admirer le Poëte & le Jurifconfulte, le Praticien & le Philofophe. Les abus ne vous furprennent pas plus que les vérités. Sçavant & Littérateur, profond & éloquent, vous ne voulez être qu'Avocat retiré du tumulte des fociétés humaines. Confeil prudent, homme effentiel & généreux, vous confultez affés les forces de votre ame pour mefurer votre travail & vos défirs, fur votre repos & vos vertus.

CHAPITRE XVI.

DE *la mort d'Arétie, & des projets d'aller à Athéopolis ou chez les Pontifes.*

DANS ces mêmes tems où j'adaptois mon esprit, mon caractère & mes études, aux modeles respectables dont je viens d'ébaucher la peinture, une nouvelle affreuse vint déranger mes projets, & porta dans mon ame les sêmences de la plus cruelle douleur. Ma tendre, mon adorable Arétie étoit aux portes du tombeau. Son corps s'affoiblissoit sous les horreurs de la maladie la plus cruelle, mais sa vertu tranquille fixée sur la grandeur suprême, se portoit d'avance dans le calme de l'Eternité pour y braver les orages du tems. Mon pere Philéne ceda aux instances de cette mere cherie, qui vouloit laisser à son fils des images sinceres d'une confiance religieuse & d'un courage inébranlable, & je fus rappellé à Terpsipolis dans ces instans de trouble, de pleurs & de mort. Ma mere toute préoccupée de la divinité, ne détourna vers moi sa tendresse héroique qu'après m'avoir embrasé des influences de sa vertu sacrée. Elle sçut me pénétrer de reconnoissance pour la souveraine bonté, & je fus obligé pour lui plaire, de benir ces mêmes Dieux qui l'arrachoient de mes bras. Elle passa de ma vûë dans le char éclatant du Soleil, & Tersipolis fut forcé de s'écrier : Qu'est devenuë cette femme, la gloire & la sagesse de notre Nation ?

Tout me devint odieux : je voulus fermer les yeux à la lumiere, & la nuit même me présentoit un jour affreux. Je fuis des climats horribles témoins de ma peine & de mon supplice, & je retournai à Semnopolis, incertain s'il étoit encore pour moi des moyens d'exister.

Le premier fruit de l'union de Philéne & d'Arétie, l'aimable Aléthophile témoin comme moi de ce funeste évenement, avoit employé en vain sa vertueuse sensibilité, ses soins affectueux, & la connoissance qu'il avoit des secrets de la nature à prevenir & à soulager un mal trop opiniâtre & trop dangereux pour avoir laissé un seul instant quelque place à l'espoir. Accablé de sa douleur & de la mienne, il m'offrit d'aller à Athéopolis partager avec lui les fruits de l'estime des Grands & du Public, qu'il s'étoit acquise par des ouvrages profonds, ingénieux & sublimes. Mon frere que j'aime avec la plus vive tendresse ne put cependant me déterminer à aller dans un climat où l'irréligion est la bafe des vertus, où l'effronterie fupplée au vrai mérite, où l'ambition eclairée ne fut jamais heureufe, où la jaloufie tourmente le Sçavoir. Je ne pouvois me flatter de me fouftraire comme Aléthophile aux défagrémens de ce féjour, & de m'y preferver de la contagion. Son ame eft affife fur un point d'appui inébranlable. La mienne eft facile & fufceptible de toutes fortes d'impreffions.

Je me livrai bien-tôt à d'autres projets qui dangereux quelquefois dans l'exécution, font toujours flatteurs du premier abord pour un homme qui fe croit malheureux, qui fe le repete fouvent & qui n'a pas affez de force pour éloigner des idées finiftres.

Il y a à Semnopolis un Collége de Pontifes occupés à benir les Dieux, à les louer, à leur offrir des facrifices bien plus refpectueufement que les autres Miniftres de la religion. Placés entre les peines & les plaifirs, ils n'ont gueres ni des affections douloureufes, ni des plaifirs vifs & paffionnés. L'habitude a mis leurs defirs à niveau du pouvoir qu'ils ont de les fatisfaire. Ils paroiffent en général humains, francs, ferviables, éclairés & fermes dans leurs principes de pieté & de vertu. Leur retraite inviolable les met à l'abri des fléaux ordinaires qui peuvent affaillir les Semnopolites, & ils font affurés d'y avoir toujours les premiers prin-

cipes de la vie & les commodités indifpen-
fables pour la confervation. La plus grande
partie de ces hommes vit tranquille & fa-
tisfaite. On peut dire à peu près la même
chofe de bien d'autres Pontifes qui vivent
à Semnopolis, mais dont les Colléges font
cependant à mes yeux inférieurs à beaucoup
d'égards à celui dont nous traitons dans cette
partie de notre Hiftoire.

Je crois devoir remarquer que pour la per-
fection de cet heureux établiffement, il fe-
roit à fouhaiter que les hommes fages forcés
de vivre enfemble s'aimaffent tous avec une
plus grande cordialité : qu'ils fuffent un peu
plus laborieux & un peu moins contempla-
tifs ; enfin que les caufes Phyfiques ne le me-
laffent point autant de peupler ces tetraites.

La douceur me fit regarder quelque tems
d'un œil fatisfait & pareffeux les avantages
de la folitude. Je commençois même à les
défirer avec ardeur, lorfque les Dieux favo-
rables me firent trouver dans l'amitié la plus
flatteufe un contrepoifon à un penchant trop
peu refléchi pour pouvoir me rendre heureux. Ils daignerent me conduire vers un
fage de Semnopolis, éloigné du fracas des
fociétés, pere refpectable de huit enfans
qu'il aimoit de la tendreffe la plus éclairée,
& qui l'adoroient unanimement par vertu.
Il daigna m'admettre bien-tôt au rang des
fiens, & me combla des témoignages d'une

affection sincere. Homme Sçavant & homme d'esprit, il sembloit avoir donné au génie & à l'imagination un ordre absolu de ne
trahir jamais son ingénuité & sa candeur. Il
sçavoit être vertueux sans faste, prudent
sans finesse, ami sans enthousiasme, religieux sans fanatisme, sensible sans foiblesse,
tranquille dans les naufrages & dans le port.
Puisse la modestie ne pas l'empêcher de se
reconnoître à son image que je viens de tracer d'après la justice la plus exacte.

La vuë, le commerce & les conseils divers de cet homme estimable suspendirent en
moi le goût violent de la retraite. Pour juger si ce penchant pouvoit s'assortir à la trempe de mon ame, je formai la résolution d'é-
tudier quelque tems les goûts contraires, &
j'ai reconnu depuis que cette inclination ne
m'alloit point du tout. J'oserois cependant
assurer qu'elle est d'un grand avantage pour
la société humaine. Je crois pouvoir tenter
l'apologie de ces lieux consacrés à la sagesse
& à la religion où se renferment les Ministres
des Dieux, quelle que soit l'affectation des
Scythes ingenieux à les ridiculiser.

Si tous les hommes ne perdoient jamais
les principes du bien gravés dans leurs cons-
ciences, les retraites dont nous parlons ici,
seroient inutiles & même très-vicieuses. Mais
osez les supprimer ou en abreger la durée.
Que deviendront tant d'hommes indifférents

&

& pour le bien & pour le mal, qui fe jettant par une certaine nonchalance au milieu de ces demeures, y trouvent mille obftacles aux gouts vicieux & dangereux à la focieté, gouts auxquels l'oifiveté les eût livré dans le tumulte du monde. Que deviendroient ces hommes, fléaux conftants de l'humanité, à qui leurs remords offrent ces habitations heureufes, comme les feuls aziles propres à les arracher à la noirceur des vices? A Dieu ne plaife que j'ofe avancer que les Colléges des Pontifes ne font remplis que d'hommes indifférents, ou vertueux par remords : On y voit des Héros fublimes qui vont s'y dé-pouiller du fafte de leur fageffe, de peur d'en égarer les véritables threfors ; & il faut con-venir que ces grandes ames perdent réelle-ment de leur force en fe livrant à des crain-tes auffi dangereufes au bonheur général des hommes. Mais ce n'eft pas même ce que j'ai prétendu inferer de cette difcuffion. J'ai voulu montrer feulement que les aziles des Prêtres concouroient au bonheur de la So-cieté ; que quand il fe trouveroit au milieu de leurs Colléges quelques hommes vicieux, ils n'y feroient pas auffi redoutables à la Pa-trie qu'ils pourroient le devenir, s'ils avoient la liberté d'errer dans les Villes. Dépouil-lons d'ailleurs des préjugés faftueux & ridi-cules, & avouons que ces Pontifes Solitaires font fouvent vertueux, foit par la facilité qu'ils ont de l'être , foit par les difficultés qu'ils trouvent à ne l'être pas , foit par le goût néceffaire qu'ils prennent ordinairement pour l'étude , foit par le fréquent exercice des cultes divins , foit enfin par la force des exemples , par la confiance des peuples , par l'horreur innée que nous avons de l'hypocri-fie. Convenons encore qu'il eft bien des fi-tuations où ils deviennent utiles à l'humani-té , en éclairant fes vertus & en foulageant fes maux , ils abufent quelquefois de leur état & peut-être avec une vîle indignité. Mais , où n'abufe-t'on pas des chofes les plus facrées ? que leurs travaux fe dirigent de plus en plus vers le bien public , & ils vaudront autant & quelquefois mieux , que les autres hommes.

CHAPITRE DERNIER.

DES lieux destinés à l'éducation des filles Scythes, & de la connoissance d'Erasime.

QUand les retraites réligieuses seroient dangereuses pour le Scythe, elles sont d'une utilité évidente pour les personnes du sexe que le goût ou la difficulté de s'assortir empêchent de vivre au milieu des sociétés animées & bruyantes. D'ailleurs leurs esprits plus facilles à faire diversion vers les Dieux ou vers les moindres objets sont moins susceptibles du désespoir qui peut tyranniser un Pontife, qui engagé dans une solitude austère a pû trouver une seule fois son sort infortuné. Qui ne sçait de plus que les hommes étant nés pour attaquer la pudeur, & les Dames pour la deffendre, il a été à propos que les femmes Scytes qui n'ont point dans le monde des protections assurées à leurs mœurs, se jettassent dans des aziles respectables où elles pussent être à l'abri de l'insulte des passions & de la témérité de ces être animés & suspects qui en portent le poison dans leurs yeux.

On me reprochera sans doute de convenir en quelque façon que nos Dames Scythes ne font plus aussi terribles que leurs meres les Amazones. Helas ! il n'est que trop vrai que les excès opposés se rapprochent quelquefois, & que tout de même que la cruauté fut souvent un effet de l'Amour, la barbarie peut aussi dégenerer en sensibilité.

L'on voit à Semnopolis plusieurs clôtures sacrées où des Dames respectables non contentes de chérir & de pratiquer les vertus, en communiquent habilement les principes augustes à des jeunes Scythes confiées à leur soin. La serenité de leur ame, la douceur du caractère, souvent même l'éclat de leur naissance font qu'elles donnent à leurs jeunes disciples une teinture de politesse, de graces & de monde qui les distingue heureusement des jeunes gens élevés dans les Colléges Semnopolites. J'ai peu vû de ces maisons célébres où tous les peuples voisins envoyent leurs filles avec confiance, mais l'on m'a souvent assuré que ces lieux étoient en général dignes de la plus belle piété, de l'admiration & des éloges de la nation Semnopolite : on se plaint toutefois de ce que les maîtresses de ces Habitations n'interdisent pas avec assés de soin toute dispute oiseuse sur la piété, de ce qu'elles égarent les vertus n'aturelles, en déguisant avec trop de soin à leur éleves la voix de la nature,

de ce qu'elles séduisent les cœurs & les esprits
en donnant des idées fausses de la solitude &
de la societé ; de ce qu'enfin elles ne permet-
tent point l'éxercice de tous les arts agréables , qui dirigés par une personne habile &
vertueuse tourneroient au profit de la sagesse & de la réligion qui leur ont donné
naissance.

La bienséance , l'ennui de moi-même ,
mes malheurs , & peut-être un certain desir
de m'instruire sur les usages de cette belle
partie de la nation me conduisirent dans un
de ces aziles religieux pour y voir une jeune
Terpsipolite que ses parens avoient envoyé
à Semnopolis pour y être élevée conformé-
ment à son état & à sa fortune.

O Callophile , tu vis Erasime ! aussi-tôt
un trait de feu la dessina dans ton cœur. Il y
grava ce regard modeste mais enjoué , ce
sourire vif mais spirituel, ce port noble mais
leger , ces graces douces mais ingénieuses,
ce sentiment affectueux mais badin , cet esprit agréable mais animé , enfin tous ces
charmes heureux, qui par le contraste le
plus fortuné, rendront Erasime chere à tous
les yeux, à tous les esprits, à tous les cœurs.
Je fis dès lors tous mes besoins, tous mes desirs , tous mes projets de l'aimer , de lui
plaire, de la rendre heureuse. Je remplis la
premiere partie de mon objet. Amour tu me
flattes d'un succès égal dans les autres. Je

ne sens que trop l'impossibilité de voir ef-
fectuer tes promesses ; mais je sçais bien que
tu m'as fait oublier à jamais de vivre chés
les Pontifes.

FIN.

THRABES
CALLOPHILE
AMOUREUX,
A SA CHERE ERASIME.
ERIGAU.
E'PITRE DE'DICATOIRE
ET SONGE.

A EUTAXIE.

1759.

EPITRE DÉDICATOIRE,
ET SONGE.

AUssi leger que le zéphire,
Mais plus délicieux que lui,
L'Amour vient de calmer l'ennuy
Que je trouvois sous son empire.
Grand Dieu, pourquoi tes voluptés
Ne charment-elles que nos songes ?
Ce n'est qu'au sein de tes mensonges
Que nous goûtons tes vérités.
Ecoutés, ma chere Erasime,
Ecoutés le rêve imposteur
Dont cet aimable seducteur
A flaté l'ardeur qui m'anime.
D'un songe n'ayés point de peur :
Un songe est un doux enchanteur
Dont la sagesse ou la folie,
Devient au gré de notre cœur,
Ou le présage qui nous lie
Ou le coloris de l'erreur.
Si ses délires sont coupables
On rit de leur témerité :
Erasime , sont-ils aimables ?
On peut en échanger les fables

Contre une douce vérité.

Au sein de l'heureuse Scythie
Il est un bois chéri des Dieux
Où les chênes audacieux
Des vents émoussent la furie,
Et semblent jusques dans les cieux
Elever la cîme hardie
De leurs bouquets ambitieux.
A leurs pieds une source pure
Court se diviser en ruisseaux,
Et semble par un doux murmure
S'applaudir du cours de ses eaux.

Dans ce séjour le beau Philinte
Sur l'écorce des arbres verds
Va de son amoureuse étreinte
Tracer les simboles divers :
Que fais-tu ? lui dit sa bergere,
C'est abuser de l'art de plaire
Que de publier ses douceurs :
Le vrai plaisir naît du mystère ;
D'amour le sacré caractère
Ne veut de place qu'en nos cœurs.
Quoi, sur l'écorce ou sur le sable
Ingrat, tu consacres tes feux ?
Il est un trhône plus heureux
Où la tendresse inépuisable
Doit imprimer l'attrait durable

Des chiffres les plus amoureux.
Laisse aux Philosophes steriles
Graver dessus ces arbres vains
De quelques vérités futiles
Les signes souvent incertains
Et les resources inutiles...
Hélas ! j'étois dans ces aziles :
Qu'entens-je ! dis-je avec douleur,
Barbare Æglé, de ton bonheur
Ai-je suspendu l'harmonie ?
Par quelle injuste tyrannie
Oses-tu dans ta vive ardeur
D'une philosophique erreur
Blamer la douce rêverie ?
Quoi, tandis que de ma Patrie
Ma main trace ici les vertus,
Ou que de sa gloire ternie
Elle crayonne les abus ;
Mes écrits font un vain sistême
Qui doit ceder à l'art suprême
De s'enyvrer de son amour.
Cruels, fuyés de ce sejour,
Ou me donnés à ce que j'aime.
Et vous écrits, tristes pinceaux,
Derobés vous à ma colère :
Jamais l'heureux talent de plaire
Ne fut le fruit de vos travaux.
Le plaisir d'être à sa bergere

Est au dessus de vos tableaux.
Et les chefs-d'œuvre les plus beaux
Sont ceux qu'un tendre amour éclaire.
Je me livrois à mes transports,
Quand des Cieux l'Astre tutelaire
Parut dans l'Empire des morts
Porter ses feux & sa lumière.
Les Oiseaux au flambeau du jour
Consacroient leurs derniers ramages ;
Préludes des tendres hommages
Qu'ils voloient porter à l'amour.
Déjà l'aimable Epoux de Flore
Dans cet incarnat vif & pur
Dont le Soleil couchant décore
De nos Cieux le superbe azur,
A de son aîle infatigable
Moissonné les vives couleurs
Dont sa tendresse inalterable
Pare la Déesse des Fleurs.
Tandis qu'au souffle de leurs cœurs
Ces deux Déïtés se caressent,
Les rayons du jour disparoissent
Et la nuit répand ses douceurs.
Déjà la timide nature
Sembloit fuir mes yeux entrouverts ;
Et par une adroite imposture
Dans le sommeil de l'Univers,
Le Dieu qui m'a donné des fers ;

＊7＊

De mon cœur noyoit le murmure.
Des pleurs échappoient de mes yeux ;
Je dormois au sein des alarmes,
Quand de son bandeau precieux
L'Amour vint essuyer mes larmes.
Mes regards ouverts par ses charmes
M'offrirent du plus beau des Dieux.
Les graces, l'éclat & les armes.
Viens, dit - il, je suis outragé :
Mais tu mérites ma clémence :
L'Amour d'un lache préjugé
Veut désabuser ton enfance.
Prend ton livre, prend tes pinceaux,
Ils sont les fruits de la nature :
Que serois-je sans ses travaux ?
Elle dessine les tableaux
Et je prends soin de leur parure.
Suis moi : quitte ces sombres lieux,
Viens d'un jour plus délicieux
Essayer la douce lumière :
Tu sçus retracer à mes yeux
Un peuple favori des Cieux :
J'ai mis au bout de ta carrière
Le Laurier le plus précieux.
Sur l'aîle du Dieu de mon ame
Traversant la plaine des airs
Je laissai conduire ma flamme
Au Dieu qui guide l'Univers.

Sur les bords d'un fleuve tranquille
S'éléve un collége sacré
Où le vice n'a point d'asile ,
Où des cieux l'ordre est reveré.
Ces lieux voués à la sagesse
Souvent de leur propre foiblesse
Ont sauvé les jeunes vertus.
On y fuit les dons de Minerve ,
Crainte que leur attrait ne serve
Au vil triomphe de Vénus.
Mais de l'amour les feux celèbres
Dans la retraite & les ténebres
Portent le trouble ou le desir :
Dans cette demeure sacrée
Son flambeau m'ouvrit une entrée ,
Et m'a fait voler au plaisir.
Que vois - je ! ô guide magnanime,
C'est - elle... ô Dieu ! c'est Erasime
Que j'apperçois dans ce séjour.
Elle sommeille ; elle respire,
Son souffle est celui du zéphire ,
Que n'est - il celui de l'Amour ?
Je viens pour assurer ta gloire ,
Dit le Dieu d'un ton menaçant ,
Et de ce trait... quelle victoire!
Dieu, m'écriai-je en fremissant :
Arrête... Si de ma bergere ,
Je dois captiver les attraits ,

Qu'il foient le prix de l'art de plaire ;
Plutôt que le don de tes traits.
D'une vaine délicateffe
L'Amour blama l'emportement.
Helas ! il n'étoit point amant :
Peut-on chérir une foibleffe
Ouvrage honteux d'un moment.
Bien moins l'effet de la tendreffe
Que le fruit de l'égarement ?
Puifqu'un fentiment chimerique ,
Me dit l'Amour en fouriant ,
Eft le feul qui de ton tourment
Peut guerir l'accès heroique ,
De ton écrit philofophique ,
Aux pieds de cet objet charmant
Viens confacrer la politique.
Bien-tôt à mes regards furpris
Il voltige , & de ma bergere
Du bout de fon aîle legere
Preffe les yeux appefantis.
Elle s'éveille : je foupire.
Ne craignés rien , jeune beauté ,
M'écriai-je tout agité ;
Le Dieu qui caufe mon martyre
Me guide en ce lieu redouté ,
Pour mettre deffous votre empire
Un cœur que vous avés dompté.
Vous frémiffés de cet hommage ,

Il en eſt un moins dangereux ;
Daignés le permettre à mes vœux :
De ma vertu qu'il ſoit le gage,
S'il ne peut l'être de mes feux.
Epris des mœurs de la Scythie
Je les traçai dans cet écrit :
J'y plaçai d'une main hardie
Un portrait qui les embellit ;
C'eſt le vôtre, Scythe cherie,
Et Callophile ne dédie
Au tendre objet qui le ravit,
Que ſon zéle pour la patrie.
Vous riés... Non, de ton ardeur
Dit Erazime avec douceur
J'accepte ce charmant ôtage :
Callophile, il plaît à mon cœur ;
Puiſque du tien il eſt l'image...
O doux inſtant ! vois mes tranſports,
Ma Scythe ! tu me fais renaître...
Celebrons un Dieu notre maître
Au ſein des plus tendres accords.

Helas ! un ſillon de lumiere
Ouvrit auſſi-tôt ma paupiere
Aux rayons éclatants du jour :
Couché dans un bois ſolitaire,
Je voulus chercher ma bergere,
Je ne trouvai que mon amour.

O vous , qu'un aimable prodige
Vint retracer à mes esprits ,
Sur la foi d'un heureux prestige
Je vous consacre mes écrits.
Applaudissés au doux mensonge
Qui m'engage à vous les offrir :
J'ai rempli la moitié du songe ;
Erasime , osés l'accomplir.

F I N.

TABLE

DES MATIERES.

ERRATA.

ON prie le Lecteur de jetter les yeux sur cet Errata, à mesure qu'en lisant cette Histoire, il croira y voir quelque défaut essentiel dans l'Impression. Il auroit été trop-long de marquer les défauts d'accents & de ponctuation, qui sont innombrables dans l'Impression de cet écrit.

Frontispice, *lig.* 7. au lieu de *du*, lisez *de*.

P. 10. de la préface, *lig.* 13. au lieu de précifer, *lif.* grécizer.

P. 2. de l'histoire, *lig.* 7. au lieu de leurs observations, *lif.* de leur observateur.

P. 9. *lig.* 2. après égalité, ajoûtez *y*.

Ibid. lig. 8. au lieu de faveur, *lif.* fureur.

P. 10. *lig.* 9. au lieu de Symetrifées & nuancées, *il faut lire* Symetrifés & nuancés.

P. 12. *lig.* 10. au lieu de mené, *lif.* falué.

P. 21. *lig.* 21. au lieu d'approuvons *lif.* appercevons.

P. 25. *lig.* 6. au lieu de quêteurs, *lif.* Quefteurs.

P. 29. *lig.* 17. au lieu de decore, *lif.* decorent.

Ibid lig. 18. après &, *effacés de*.

Ibid lig. 24. au lieu de l'alliance, *lif.* la licence.

P. 38. *lig.* 24. au lieu de forces, *lif.* faces.

P. 42. *lig.* 16. & 17. au lieu de vrais Philofophes, *lif.* vraye Philofophie.

P. 44. *lig.* 12. au lieu des, *lif.* les.

P. 47. *lig.* 20. au lieu d'Illuftres, *lif.* illuftrés.

P. 54. *lig.* 14. au lieu de guerriers, *lif.* guerrieres.

P. 62. *lig.* 4. après l'Art, ajoûter *Mais*.

P. 64. *lig.* 25. au lieu de ravit, *lif.* ravis.

P. 71. *lig.* 12. au lieu de les, *lif.* ces.

Ibid. lig. 18. au lieu de douceur, *lif.* douleur.